OZYMANDIAS

OZYMANDIAS

José Roberto de Castro Neves

Copyright © 2025 by José Roberto de Castro Neves

Preparação
Kathia Ferreira
Revisão
Ana Grillo
Design de capa e miolo
Alles Blau

Cip-brasil. Catalogação na publicação
Sindicato nacional dos editores de livros, rj

N4240
    Neves, José Roberto de Castro
        Ozymandias / José Roberto de Castro Neves. - 1. ed. - Rio de Janeiro : Intrínseca, 2025.
        256 p. ; 21 cm.

    ISBN 978-85-510-1326-7

    1. Ficção brasileira. I. Título.

25-95792
                                  CDD: 869.3
                                  CDU: 82-3(81)

Meri Gleice Rodrigues de Souza - Bibliotecária - CRB-7/6439

[2025]
Todos os direitos desta edição reservados à
Editora Intrínseca Ltda.
Av. das Américas, 500, bloco 12, sala 303
Barra da Tijuca, Rio de Janeiro – RJ
CEP 22640-904
Tel./Fax: (21) 3206-7400
www.intrinseca.com.br

Este livro é dedicado
à Biblioteca de Ateninhas

Mais do que tudo, nasci em Ateninhas
Ateninhas das ruas largas e do horizonte curto
Por isso sou quieto: feito de barro.
GUIMARÃES DE GUIMARÃES

OZYMANDIAS

Ao vir de antiga terra, disse-me um viajante:
Duas pernas de pedra, enormes e sem corpo,
Acham-se no deserto. E jaz, pouco distante,
Afundando na areia, um rosto já quebrado,
De lábio desdenhoso, olhar frio e arrogante:
Mostra esse aspecto que o escultor bem conhecia
Quantas paixões lá sobrevivem, nos fragmentos,
À mão que as imitava e ao peito que as nutria
No pedestal estas palavras notareis:
"Meu nome é Ozymandias, e sou Rei dos Reis:
Desesperai, ó Grandes, vendo as minhas obras!"
Nada subsiste ali. Em torno à derrocada
Da ruína colossal, a areia ilimitada
Se estende ao longe, rasa, nua, abandonada.*

P. B. SHELLEY

---

* Tradução de Péricles Eugênio da Silva Ramos.

1877	nasce Eva
1889	Eva chega ao Brasil
1901	casamento de Eva e Lutero Firme
1902	nasce Lutero Benhamado
1903	nascem Omokehinde e Jumoke
1904	nasce Laura
1907	nasce Luigi
1927	Banut e Beatrice chegam a Ateninhas
	casamento de Beatrice e Lutero Benhamado
1928	nascem Lutero Gêmeo e Lutero Breve
	nasce Abayomi
1936	morre Eva
1940	morre Lutero Breve
1947	Beatrice foge para o Rio de Janeiro
	nasce Ozymandias

1951	nasce Rute
1958	morre Beatrice
1960	morre Lutero Benhamado
1964	morre Banut
	Ozymandias chega a Ateninhas
1965	nascem os quadrigêmeos
1968	Omokehinde vai ao Rio de Janeiro
1969	Ozymandias foge para o Rio de Janeiro
1972	morre Laura
1974	morre Omokehinde
1982	morre Bakhita
1985	Ifigênia sai do hospital
1986	morre Luterinho
	construção da represa do rio Escamandro
1988	morre Lutero Gêmeo
1989	morrem Ozymandias e Ifigênia

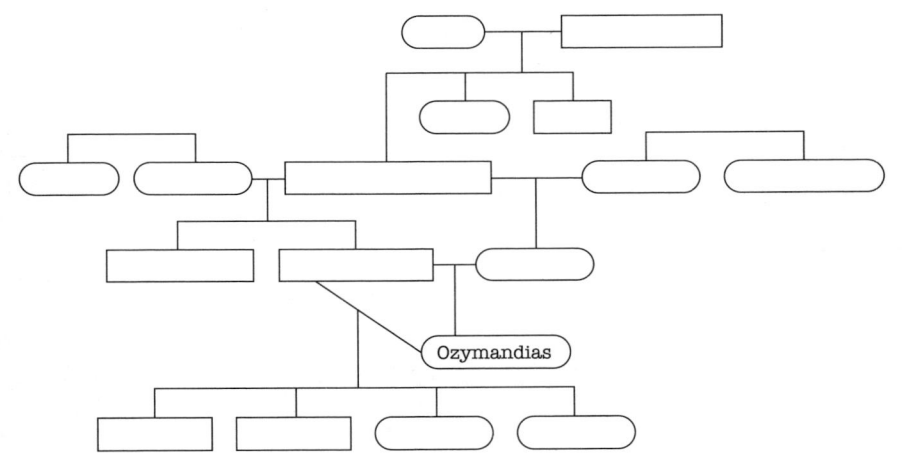

METINQUES
I.

Tem alguém aí? Muito prazer. Não sei se já nos conhecemos. Acredito que sim. Sou Metinques. Metinques do Nascimento. Já estou velho. Velho há muito tempo. Eu me lembro de como tudo aconteceu. Talvez não me lembre bem. Mas lembro. Melhor contar o que lembro, antes que me esqueça e tudo se perca. Uma vez ouvi alguém falar: "Dizem? Esquecem. Não dizem? Dissessem." Melhor contar. Não gosto de mentir, gosto de inventar.

Contar uma história é coisa importante. A civilização começa com alguém contando uma história. Uma parecida com a que vou contar. A civilização acaba no dia em que as pessoas perdem o interesse em ouvi-las.

Rogo a ajuda das Musas dos contadores de histórias. Que elas soprem sobre mim. Auxílio! Não me deixem rogar em vão!

Daqui por diante, serei seu corifeu.

OZYMANDIAS
I.

Saiu sem destino. Acelerou o carro por uma estrada que não conhecia. Procurava se concentrar na direção. Não queria pensar em nada. Nada. Ozymandias não havia completado dezoito anos. Mal sabia dirigir. O carro não era seu.

Ninguém a conhecia por Ozymandias. Para todo mundo, menos para a madrinha, ela era a Café. Café por conta de sua cor. Nem preta, nem branca. Cor de café com leite. Até os professores, no tempo em que frequentava o colégio, a chamavam de Café.

Desde pequena, não era comum alguém se aproximar dela. Ozymandias era quieta, fechada. Na adolescência já havia se transformado numa mulher enorme, maior que a maioria dos homens. Olhos negros apertados entre a testa e as bochechas. Mãos grandes, desproporcionais. Bela, mas não uma beleza óbvia, fácil de digerir. Sua voz, grave e lenta, incomum nas mulheres, não convidava ninguém a conversar.

Quando a mãe morreu, foi para a casa da madrinha. Na primeira semana depois da morte da mãe, dormiu ao lado da madrinha. Depois, passou a viver num quarto de empregados, nos fundos da casa. Em pouco tempo, dividia o quarto com mais dois: o motorista e o faz-tudo da madrinha. A madrinha mal a via. O motorista ensinou-a a dirigir. Escondido, claro. O faz-tudo carregava Ozymandias para os afazeres dele:

ela consertava a escada, o paralelepípedo da rua, a bomba d'água. Ele ensinou a jovem até mesmo a atirar com revólver. Ozymandias aprendia rápido. Não precisava perguntar nada. Era ver e repetir.

Naquele dia, Ozymandias deixou o Rio de Janeiro em disparada. Queria apenas ir embora. Acelerou o carro. Até então, nunca havia deixado a cidade natal. Gastou o dinheiro que tinha para encher o tanque do automóvel. O atendente do posto, com semblante alarmado, deu-lhe a notícia:

– Jango caiu, os militares tomaram o poder.

Aquilo não era importante para Ozymandias. Naquele momento, nada tinha importância para ela.

A estrada afinou. Já não havia asfalto. Poeira. Anoiteceu. O farol do carro iluminava a estreita via, entre mato pelos dois lados. De repente, na bifurcação, uma barricada. Haviam colocado uma carroça no meio do caminho. Ozymandias freou bruscamente. Não era a polícia.

Apesar da escassa iluminação, Ozymandias percebeu três vultos: dois homens e uma mulher. Havia ainda outra pessoa, mais atrás. Estavam armados. Um dos homens apontou seu revólver. Gritou para Ozymandias saltar do carro.

Tudo aconteceu rápido. O homem do revólver olhou para o lado. Foi o suficiente para Ozymandias acertar-lhe um soco na cara. A arma caiu no chão. Ozymandias pegou o revólver. O primeiro tiro atingiu a cabeça do homem mais próximo. Os comparsas reagiram. Partiram na direção de Ozymandias. Ligeira, ela disparou no outro homem e, depois, na mulher. Os dois tombaram mortos. O quarto saiu correndo. Fugiu, para se perder na escuridão.

Três corpos e uma carroça na encruzilhada.

Ozymandias não sabia, mas, naquela noite, ela matou sua genitora; a mulher que a carregara na barriga e a quem jamais chamara de mãe.

Depois de controlar a respiração, Ozymandias ouviu o barulho das águas. Atrás do matagal, a poucos metros da estrada, um barranco caía num rio. Mesmo sem conseguir enxergar bem, ela arrastou os três cadáveres até o desnível. Arremessou o revólver na água o mais longe que conseguiu. Com esforço, puxou a carroça para fora da estrada. Entrou no carro. Estava coberta de sangue. O carro ficou imundo. Precisava se desfazer dele. Jogou o automóvel ribanceira abaixo. Céu nublado, sem estrelas. Breu.
    Ozymandias tomou a estreita estrada de terra, à margem do rio. Andou até cair exausta.

OZYMANDIAS
II.

Ozymandias despertou com a primeira luz do dia. Conseguiu ver o rio. Um rio grande, marrom, preguiçoso, de marulho constante. Ozymandias estava suja. Barro e sangue. Não conseguiria se limpar naquele rio.

Voltou à estrada de terra e seguiu a pé. Andou por horas. Não passava ninguém. Ozymandias estava acostumada a esforço. Na casa da madrinha, valia pela força física, carregando tudo de um lado para outro. Quando a madrinha recebia convidados, o que acontecia com frequência, os móveis saíam da sala para o jardim. Ozymandias cuidava da arrumação. Não havia homem mais forte que ela.

A casa da madrinha não ficava longe da casa da mãe de Ozymandias. Depois que a mãe morreu, Ozymandias nunca mais voltou lá. Ou melhor, nunca voltou lá fisicamente. Na sua lembrança, ia sempre à casa da sua infância, para visitar a sombra das bananeiras e as árvores, que ela chamava pelo nome.

A mãe quase não saía de casa. Aos domingos, ia à igreja na Praia de Botafogo. O dia em que a mãe morreu foi agitado. Ozymandias soube, pelo rádio, que o Brasil se tornara campeão do mundo na Suécia. Comemoração para todos, menos para ela.

Na casa da mãe de Ozymandias trabalhava um casal

de empregados. Dois portugueses: Francisca e Antônio. Francisca arrumava o uniforme de Ozymandias para o colégio. Levava e buscava a menina na escola. Dava banho nela. À noite, Ozymandias jantava com a mãe. Pão e sopa. Era a hora do dia em que estavam juntas. Conversavam pouco.

No colégio, só de meninas, Ozymandias era a única parda. Era a diferente. Ficava isolada. Não brincava com as demais. Certa vez, uma garota abusada lhe perguntou, fazendo graça, por que ela não saía do colégio e voltava para o mato. Todas riram. Ozymandias percebeu o insulto. Nada fez, apesar de ser maior e mais forte que as outras. Dias depois desse incidente, as meninas do colégio se meteram numa briga. Havia garotas dos dois lados. Ozymandias aproveitou o tumulto para dar um soco com toda a força no estômago da menina abusada, que tombou desfalecida no chão. A menina ficou uma semana sem ir ao colégio. Depois que voltou, nunca mais se dirigiu a Ozymandias, que passou a ser temida. Ozymandias gostou disso. As garotas pararam de implicar.

Ozymandias se lembrava bem de sua primeira comunhão. Todas as meninas vestidas de branco. Ela se destacava das demais. Muito mais alta, mais escura. Ozymandias tinha perfeita lembrança da mãe naquele dia, sentada sozinha numa das últimas fileiras da igreja. De longe a viu, de cabelos brancos, sorrir chorando.

Quando a mãe morreu, Ozymandias deixou o colégio. Já sabia ler.

Percorrendo a estrada de terra, Ozymandias tentava apagar suas memórias.

Avistou um açude. Com sede e imunda, jogou-se na água, como se buscasse purificação. Tirou a roupa. Com as unhas, arrancou o barro e o sangue da pele. Esgotada e confusa, ficou boiando, apenas com a cabeça fora d'água, sem pensar em nada.

    Deitou-se na margem do açude. O céu estava fechado. Chuviscava. De repente, ouviu um barulho desconhecido. Uma onça enorme bebia no lago. Um animal lindo. Ela nunca havia visto um bicho tão bonito. Ozymandias fez um movimento brusco. A onça rosnou. Pulou para cima dela. Cravou os dentes na sua perna. Ozymandias reagiu. Segurou o bicho pelo pescoço. A pata da onça rasgou sua pele. Lutaram até Ozymandias perder a consciência.

OZYMANDIAS
III.

Quando Ozymandias abriu os olhos, um grupo de pessoas se amontoava ao seu redor. Ao tentar se erguer, sentiu dor e percebeu as ataduras que lhe cobriam o corpo.

Um senhor vestido de padre se sentou ao seu lado. Explicou que ela estava em Ateninhas, cidade conhecida por suas ruas largas, à margem do rio Escamandro. Dias antes, fora encontrada nua e desfalecida, à beira do açude, abraçada com a onça que amedrontava Ateninhas havia meses. Desde que o grande felino, conhecido como Fera de Ateninhas, começara a rondar a cidade, as pessoas evitavam sair. A onça já havia devorado crianças e pessoas de idade. Por causa dela, o povo de Ateninhas vivia em pânico.

Ozymandias havia sufocado a Fera de Ateninhas com o braço. A cidade, admirada, estava imensamente grata. Ozymandias se tornou uma heroína. O povo local queria agradecer. O padre se apressou a dizer que todos aqueles fatos pareciam milagrosos. O surgimento de uma jovem mulher, nua, matando a onça e libertando a cidade de seu flagelo só poderia ser manifestação de Deus.

Segundo o padre, havia tempos Ateninhas pedia socorro às autoridades para prender a terrível onça. Porém, relatou o sacerdote, "parece que as pessoas se esqueceram de Ateninhas". O que resolveu, garantiu ele, foram as rezas para

Santa Lúcia, padroeira da cidade, que mandou então uma virgem para derrotar a Fera. A salvadora era seguramente uma enviada divina.

Ozymandias ouvia a tudo calada, sem esboçar reação. Viu que estava num hospital simples, cercada de cuidados. Notou também que a onça havia aberto diversas feridas em seu corpo. Quando lhe perguntaram o nome, Ozymandias falou pela primeira vez em dias:

– Eva.

Foi o que lhe ocorreu. Eva, a primeira mulher. Ozymandias notou o espanto das pessoas à sua volta. Logo comentaram que Eva era também o nome da avó de Lutero Gêmeo, o grande benfeitor de Ateninhas.

O padre, sem mudar o tom de voz, disse a Ozymandias que os fiéis já a chamavam de Santa Lúcia, como a padroeira. Toda Ateninhas queria conhecê-la. Contudo, antes dos demais, ela deveria ser apresentada ao juiz Lutero Gêmeo, o protetor da cidade.

Dias depois, tão logo conseguiu se erguer, Ozymandias foi levada de charrete para o encontro com o juiz. No caminho, o clérigo explicou que Lutero Gêmeo não era propriamente um juiz, pois não havia tribunal em Ateninhas desde o fim do Império. A família de Lutero, dona das terras em volta de Ateninhas, fundara a cidade. Por isso, em sinal de deferência, todos se referiam ao patriarca dos Luteros como juiz. Lutero Gêmeo, contou o padre, era um homem reservado. Não se casara nem tivera filhos. Nisso, contou o sacerdote, ele se distinguia dos antepassados, que povoaram Ateninhas de crianças.

Na frente do Solar dos Luteros, sede da fazenda, a escadaria de madeira levava à comprida varanda. Um grupo de empregados foi receber Ozymandias, saudando-a como santa. Pelo corpanzil coberto de curativos, Ozymandias causava impressão.

O padre entrou pela casa, guiando a claudicante Ozymandias, até chegarem ao quarto de Lutero Gêmeo. As janelas estavam fechadas e a luz apagada. Apesar da escuridão, foi possível ver um homem sozinho, deitado sem camisa. O lençol cobria suas pernas até a cintura.

– Salve, juiz Lutero – cumprimentou o clérigo. – Eis a santa que nos livrou da Fera.

– Obrigado – respondeu Lutero Gêmeo com um timbre grave de voz que surpreendeu Ozymandias. – Pode ir – disse ao padre. – Deixe a santa aqui.

O padre então acenou com a cabeça para Ozymandias e se foi, fechando a porta quando saiu.

Lutero Gêmeo se levantou. Estava nu e não disse palavra. Um homem grande, corpulento. Nem velho, nem moço. Ouvia-se apenas a pesada respiração de Ozymandias. Lutero caminhou em direção à mulher. Paralisada, ela nada fez quando ele segurou sua nuca com as mãos, cheirou seu pescoço e a beijou. Ozymandias nunca fora beijada por um homem. A boca de Lutero Gêmeo tinha gosto de álcool. Ele acariciou Ozymandias e a levou para a cama. Embora perplexa, ela entendeu quando virou mulher.

OZYMANDIAS
IV.

Ao despertar, Ozymandias encontrou Lutero Gêmeo ao seu lado. Ele dormia como se estivesse morto. Imóvel e silencioso, parecia não respirar.

Ozymandias sentiu raiva de si mesma. Ela poderia ter reagido. Apesar das feridas que cobriam seu corpo, ela era forte. Não sabia explicar por que tolerara a violação. Queria sair daquela cama e daquela casa o quanto antes. Mas para onde ir? Seu corpo doía. Aguardou Lutero Gêmeo acordar.

– Acredito que tenha mesmo matado a onça – foram as primeiras palavras que Lutero Gêmeo dirigiu a Ozymandias. – Quando me contaram, duvidei. Uma mulher, na mão, não poderia com a Fera. Mas você não teme nada.

Só então percebeu que Lutero Gêmeo tinha os olhos vazados. Como alguém perde os olhos?, pensou. Ozymandias observou as dimensões daquele homem: cabelos grisalhos, queixo largo, barba por fazer, mãos imensas.

– Qual seu nome? – ele perguntou.

Ozymandias demorou a responder:

– Eva.

Repetiu a única palavra que havia dito desde que chegara a Ateninhas.

Lutero Gêmeo passou a mão pelo corpo de Ozymandias, que sentiu asco daquele toque.

– Você ainda está machucada da luta com aquele imenso felino – disse ele. – Precisa descansar antes de ir ao Centro de Ateninhas.

Ozymandias foi levada para um quarto no Solar. Vista para o açude. Cama alta. Seu corpo permanecia dolorido. Ela precisava dormir.

OZYMANDIAS
V.

Ozymandias tentava não pensar. A imagem dela atirando em três pessoas se repetia em sua memória. Ela era uma assassina. E se descobrissem seu crime? Quem a ajudaria? Quem acreditaria que ela quisera apenas se defender? E o homem que conseguira fugir? Havia mesmo outra pessoa naquele breu? Ela jamais deveria contar a alguém o que sucedera na encruzilhada, matutava. Esse era mais um motivo para ficar quieta.

Ozymandias ainda se recuperava quando recebeu a visita do padre.
– Santa Lúcia! – saudou-a o sacerdote. – A senhora não faz ideia de como aguardam sua ida a Ateninhas. Todos querem conhecê-la. Só se fala da matadora da onça. O juiz Lutero Gêmeo me disse que a senhora só vai ao Centro quando estiver recuperada. Sábio juiz Lutero Gêmeo, preocupado com a santa!
Ozymandias escutava sem interagir. Continuava confusa. Tudo acontecera muito rápido. Quando as recordações da casa da madrinha apareciam, Ozymandias preferia olhar o açude pela janela do quarto. Também lhe repugnava lembrar-se do ocorrido no quarto de Lutero Gêmeo. Ela precisava se restabelecer e fugir dali.

Lutero Gêmeo inspecionava o quarto de Ozymandias quase diariamente. Quando ela escutava a batida da bengala no chão, prenúncio da visita, sua boca secava e a barriga endurecia. Um encontro rápido, encurtado porque Ozymandias ficava rígida e quieta enquanto as mãos do cego, buscando medir a recuperação dos machucados, deslizavam pelos ferimentos. Não trocavam palavra. Ozymandias se sentia invadida com o toque de Lutero Gêmeo, embora não notasse maldade ali.

Lutero Gêmeo não era rude, ao menos não completamente. Ozymandias conhecia da casa da madrinha as maneiras dos homens elegantes e educados. Lutero Gêmeo era assim. No entanto, ela não conseguia deixar de ter raiva do homem que a desvirginara.

Dias, semanas se passaram e, ao invés de melhorar, Ozymandias começou a se sentir enjoada e a vomitar. Chamaram Laura, tia de Lutero Gêmeo, a mais antiga moradora do Solar. Laura, uma senhora gorducha e simpática, havia tentado entabular conversa com Ozymandias. Logo percebeu que a jovem não gostava de falar. Entendeu. Quando foi consultada sobre a moléstia de Ozymandias, só de olhar a moça Laura percebeu o que se passava. Sorriu por dentro.

Um médico foi chamado para examinar Ozymandias. Após uma série de testes, exclamou:

– Santa Lúcia, bendito seja o vosso ventre!

METINQUES
II.

Ainda está comigo?

Para contar o que sucedeu, vou andar para trás no tempo. Contar de uma época em que não havia televisão. De um tempo em que as pessoas se comunicavam, à distância, por cartas. De uma época na qual as coisas demoravam a acontecer e não havia tanta pressa. Já os homens, esses eram os mesmos de hoje. A maldade, como agora, tinha sua hora.

Apesar de estarmos no começo, já deu para notar que não explico tudo. Explicar tudo é desagradável. Quando a vida fica muito previsível, há um desencanto. Nesta história, porém, acredite: para tudo há um porquê.

Você acredita em destino? Ou melhor, acha que para definir uma pessoa, além de seu corpo, sua razão e vontade, deve-se também falar de seu destino?

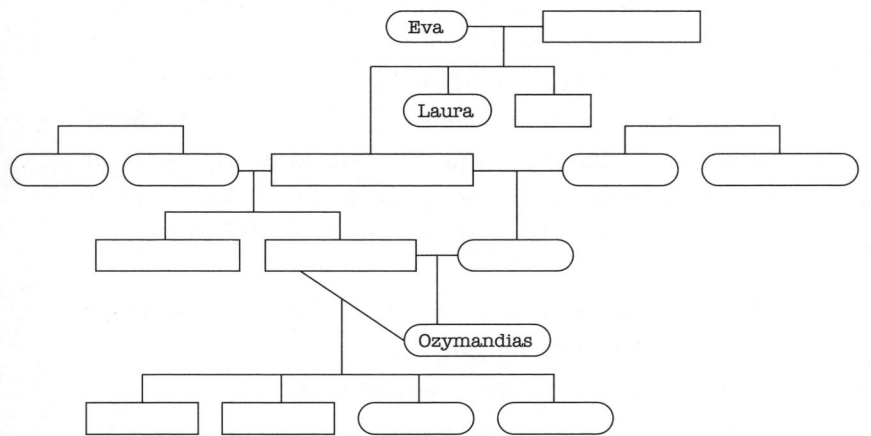

EVA
I.

Eva guardou sempre na memória a travessia. Mesmo idosa e sem forças, lembrava-se da confusão em Porto Tolle, quando embarcou com toda a família. Muitos irmãos, entre os quais Eva era a menor e a única menina. Do tempo na Itália, ficou apenas a recordação da fome. Eva jamais se esqueceu das canções que ouviu no navio. Os pais e os irmãos se amontoavam na terceira classe. Uma lembrança feliz. Eva nunca mais veria o mar.

No porto do Rio de Janeiro, a desordem era ainda maior. A família real, banida, deixara havia pouco o Brasil. Saíram pelo mesmo porto em que Eva aportava.

Os recém-chegados cruzaram um mundo de gente até o transporte que os levaria ao interior. Dias de estrada. Muitos italianos acompanharam Eva e sua família. Foram recebidos com uma festa simples e um discurso do qual ela nada entendeu. O lugar era empoeirado e calorento. Deram uma casa modesta para os familiares de Eva. No dia seguinte ao da chegada, a família, com exceção de Eva, foi levada para a lavoura do café. O ano nunca descansa.

Os pais e os irmãos de Eva trabalhavam intensamente todos os dias, menos no domingo, quando iam à igreja.

Depois de duas colheitas, Eva já havia compreendido o clima de Ateninhas: um calor abrasante castigava a região quase o ano todo, agravado por chuvas torrenciais no fim de novembro que desabavam ao entardecer, inundando as ruas e fechando, por semanas, o acesso da cidade ao resto da civilização. Nesse período das chuvas, Ateninhas ficava isolada, embora isso não tivesse maior importância para a gente de lá.

Eva passava a maior parte do tempo sozinha. Arrumava a casa. Cozinhava. Interagia pouco com as vizinhas, senhoras italianas e algumas adolescentes da sua idade. Passeava pelo mato admirando a vegetação exuberante e desorganizada, avistando um sem-fim de flores cujo nome desconhecia. Descobriu que, perto de casa, no Centro de Ateninhas, funcionava uma grande biblioteca, onde um senhor ensinava português aos italianos recém-chegados. Começou a frequentar a biblioteca. Pouco depois, já falava português melhor do que todos em casa e ainda aprendeu a ler.

Os pais de Eva morreram cedo. Na roça, a mãe fez um corte na mão que infeccionou. O pai foi levado por uma febre braba. Em poucos meses, Eva ficou órfã. O irmão mais velho fugiu. Os outros dois quiseram deixar a roça, mas deviam dinheiro ao dono da terra. Tinham que trabalhar para pagar a dívida.

Enquanto o tempo passava, o trabalho não passava e a dívida aumentava. Isso não era problema apenas para os irmãos de Eva. Outros italianos também protestavam. Na prática, não eram livres. Haviam chegado a Ateninhas para substituir o trabalho escravo, porém, a exploração não cessara. "É melhor morrer de pé do que viver de joelhos", bradavam os exaltados. Eva acompanhava as reuniões de seus conterrâneos. Os imigrantes exigiam justiça.

No domingo, quando todos assistiam à missa, o padre se encarregava de falar bem do dono da fazenda. Eva não era boba. Entendeu que o pároco cumpria uma missão.

Os anos se sucederam. Eva cresceu e foi trabalhar na lavoura.

Numa celebração de Natal, ela viu o filho do juiz Lutero Sábio na igreja. Um jovem alto e forte. O rapaz também notou Eva e foi falar com ela. Eva não era tímida, mas não dava confiança a ninguém. Olhou para baixo e saiu. Deixou o filho de Lutero Sábio falando sozinho.

No dia seguinte, o jovem foi até a porta do casebre de Eva e a aguardou retornar do cafezal. Eva chegou em companhia dos irmãos. Ficou surpresa com a presença do dono das terras. Educado, o filho do juiz Lutero Sábio, como seus antepassados, também se chamava Lutero. Era conhecido como Lutero Firme. Dirigindo-se aos irmãos de Eva, perguntou se poderia conversar com a moça. Era pedido para não ser negado.

Eva gostou do jovem. Gostou imediatamente. Esperta, escondeu suas intenções. Dissimulou indiferença. Deu certo. Lutero Firme, obstinado e metódico, ia diariamente fazer a corte. Em pouco tempo estavam casados. Eva se mudou para a sede da fazenda, o Solar dos Luteros.

EVA
II.

Depois de se casar, Eva se perguntava o que havia visto em Lutero Firme. O físico robusto? O ar aristocrático? Talvez. A explicação dessa atração recaía na mescla do homem, de uma só vez, duro e carente. Lutero Firme estudava latim e gostava de citar Virgílio. Ele perdera a mãe cedo e o pai impôs que ocupasse suas horas na companhia dos livros e de preceptores. Lutero Firme era seco nas palavras e parecia sempre pensar antes de falar. Cumpria as obrigações como um soldado. Eva ouviu de muitos que ela se parecia fisicamente com a falecida mãe do marido, mulher que ela nunca vira. Lutero Firme era atencioso com Eva, enquanto se revelava ríspido com os demais.

Na noite de núpcias, Lutero Firme olhou nos olhos de Eva. A noiva ficou paralisada:

– Ouça bem – solicitou o recém-casado com seriedade – e preste muita atenção no que vou te falar.

Após encarar a mulher por algum tempo em solene silêncio, disse as seguintes palavras:

– Eu te amo.

Foi a primeira e única vez que Lutero Firme declarou diretamente seu afeto por Eva. Mesmo com o decurso dos anos e a distância, física e espiritual, Eva nunca duvidou que o sentimento do marido estava lá. Por uma razão que

Eva nunca compreendeu, o amor, daquela forma, não foi bastante para ela.

Lutero Firme viajava constantemente com o pai. Eva nunca tinha se sentido solitária em sua humilde casa, embora lá ficasse a maior parte do tempo sem companhia. Já no Solar, sem o marido, experimentava a tristeza de ficar só. Sobretudo, de se sentir só. Raramente os irmãos iam vê-la. Quando passavam pelo Solar, era visita rápida. Não dava nem tempo de o café esfriar.

Eva engravidou. Uma náusea constante não a abandonava. Lutero Firme demorou semanas para voltar. Ela estava ansiosa para contar a novidade ao marido. Daquela vez, quando ele chegou em casa foi diferente: Lutero Firme carregava o corpo do pai, o Sábio, que morrera no Rio de Janeiro. A notícia da gravidez viera numa hora triste.

Com a morte de Lutero Sábio, o marido de Eva, filho único, virou dono de tudo, de todas as terras em volta de Ateninhas. Com novas responsabilidades, Lutero Firme se ocupou ainda mais. Sua ausência se tornou comum. Ele não estava em Ateninhas quando o primeiro filho nasceu.

O parto foi doloroso. Eva prometeu a si mesma que não seria mãe novamente. Por instrução do pai ausente, o menino gorducho e cheio de cabelo recebeu o nome de Lutero, como seus ancestrais – um pouco mais à frente na vida, seria conhecido como Lutero Benhamado.

Naqueles primeiros dias de maternidade, um sentimento de angústia, lento, porém contínuo, tomou conta de Eva. A solidão ganhou peso. Em alguns momentos, bateu desespero. Pela primeira vez pensou em dar fim à vida. O menino chorava o tempo todo. As empregadas não ajudavam. A comida vinha salgada. A água, quente demais. A roupa, mal lavada. O calor não arredava. Tudo irritava Eva.

    Quando chegava, o marido ficava um punhado de dias no Solar. Logo em seguida, voltava a se ausentar por semanas. Eva engravidou novamente. Ficou ainda mais triste; não queria outra criança.

    Tudo piorou quando Lutero Firme lhe informou que partiria em seguida para uma longa viagem à Europa. Eva implorou ao marido que não a deixasse. Em vão. Com um beijo na testa, Lutero Firme se despediu.

EVA
III.

Eva passava os dias sem conseguir fazer nada. Tédio. Nenhuma companhia lhe agradava. Sentia falta de algo, mas não sabia do quê. Uma tristeza sem causa. Não conseguia sentir afeto pelo filho pequeno. Enquanto a barriga crescia, Eva rezava, costurava, cismava e ensimesmava.

Conseguiu quitar a dívida dos irmãos, que logo depois partiram de Ateninhas. Ela sabia que deveria resolver aquela pendência enquanto o marido estivesse fora. Antes, quando pedira a Lutero Firme que perdoasse os irmãos das obrigações, ele respondeu que precisava de tempo para pensar. Nunca voltou com uma resposta. Eva sabia que, livres da dívida, os irmãos cairiam no mundo. Eis o preço de ajudá-los: ficar ainda mais só.

Então nasceu Laura, um bebê menor que o primeiro. Mais uma vez Eva enfrentou sozinha o parto. Não sentiu emoção. Sentiu apenas dor.

Eva voltou à sua pequena casa. Não ia lá desde o casamento. Encontrou uma família, também de italianos imigrantes. Outra leva. Eva percebeu que muitos mal falavam português e decidiu que ensinaria a língua àquela gente. Daria aulas na biblioteca da cidade, a mais bela construção de Ateninhas. O objetivo era também alfabetizar.

No começo, poucas senhoras e meninas compareceram

às aulas. Em pouco tempo mais interessados começaram a frequentar a classe. Eva levava jeito para o magistério. Houve uma demanda para que as aulas fossem ministradas após o turno de trabalho na lavoura. Eva se sentia útil. Até esqueceu que não recebia notícias do marido.

EVA
IV.

Eva achou que o tempo havia parado quando um homem, suado, entrou no recinto em que ela dava aula. Não se lembrava dele. Nunca vira um homem tão bonito, nem olhos tão verdes. Quando ele sorriu levemente para ela, ainda na porta da sala, acreditou que se deparava com um deus.

O homem se sentou no fundo da sala. Eva procurou disfarçar sua excitação diante daquela presença.

Quando a aula se encerrou, o homem foi embora com o resto do grupo. Eva voltou inquieta para o Solar. Sentiu um desejo diferente. Ficou na expectativa de rever os olhos verdes no dia seguinte. O dia seguinte demorou a chegar. O homem não apareceu na aula. Apareceu na cabeça de Eva.

Eva passou a se vestir melhor para as aulas. Reforçou o perfume. Finalmente, o homem surgiu, mais suado que da primeira vez. Quando deu dois passos para dentro da sala, Eva, em italiano, perguntou-lhe como se chamava.

– Enrico – respondeu ele, com um sorriso.

Terminada a aula, Enrico foi falar com Eva. Ficaram a sós depois que os outros alunos se foram. Os dois logo entenderam o que ia acontecer. Ali mesmo se beijaram.

METINQUES
III.

Muitos nomes e poucos nomes, não é? Nomes que se repetem. Nomes que não são revelados. Nomes confundem e nomes esclarecem.

Nomes têm que carregar um significado. Do contrário, não servem para nada.

Que há num nome? Há muito num nome! Ou você acha que a rosa teria esse lindo nome se fosse uma flor feia e malcheirosa?

Pense no dromedário. Um bicho desengonçado, com uma corcova (ou duas, sei lá). Se fosse formoso teria esse nome? Que nada, se chamaria leão!

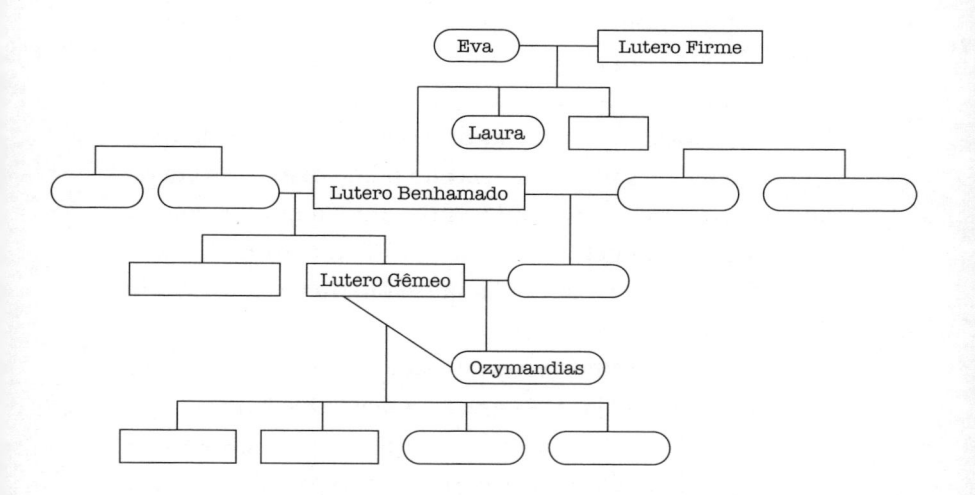

```
                    ┌─────┐   ┌──────────────┐
                    │ Eva │───│ Lutero Firme │
                    └─────┘ │ └──────────────┘
                       ┌────┼────┐
                    ┌──────┐ │ ┌────┐
                    │Laura │ │ │    │
                    └──────┘ │ └────┘
┌──┐┌────┐  ┌──────────────┐ │ ┌────┐┌────┐
│  ││    │──│Lutero Benhamado│─│    ││    │
└──┘└────┘  └──────────────┘   └────┘└────┘
         ┌──────┬────────┐
       ┌────┐┌──────────────┐┌────┐
       │    ││Lutero Gêmeo  ││    │
       └────┘└──────────────┘└────┘
                  │    ┌────────────┐
                  │    │ Ozymandias │
                  │    └────────────┘
        ┌─────┬───┴───┬─────┐
      ┌────┐┌────┐┌────┐┌────┐
      │    ││    ││    ││    │
      └────┘└────┘└────┘└────┘
```

OZYMANDIAS
VI.

– Você tem o nome da minha mãe – disse a sorridente e rechonchuda Laura, apoiada numa bengala, para Ozymandias. – Minha falecida mãe também se chamava Eva. Ela não nasceu no Brasil, veio pequena da Itália. E você, de onde veio?

Ozymandias sorriu. Já havia entendido que Laura era tia de Lutero Gêmeo. Não sabia, entretanto, o que responder à senhora. Não queria ser rude, mas não conseguia dizer nada. Ficou quieta. Laura não quis constrangê-la e mudou de assunto:

– Imagino que ainda esteja abalada, depois da luta com a onça. Você foi corajosa! Agora, será mãe! Que bênção!

Com ar de preocupação, Laura observou as lesões e as faixas que ainda cobriam o corpo da jovem. Recomendou repouso. Lentamente, virou-se e deixou o aposento de Ozymandias no cadenciado ritmo de seus passos pesados.

OZYMANDIAS
VII.

Lutero Gêmeo entrou abruptamente no quarto de Ozymandias. Alterado, foi direto:
– Mulher – disse, segurando firme o braço de Ozymandias –, o médico do Rio de Janeiro me disse que eu jamais teria filhos.
Ozymandias não sabia o que dizer. Lutero Gêmeo seguiu:
– Preciso ter certeza de que sou o pai da criança que você carrega.
As palavras saltaram de Ozymandias:
– Nunca conheci outro homem!
Lutero Gêmeo pareceu aliviado com a declaração.
– Se o filho é meu, o povo de Ateninhas tem razão: você é santa.
Depois de respirar fundo umas três vezes, ele continuou:
– Vamos nos casar. Ateninhas precisa dos Luteros fortes.
Ozymandias continuava sem saber como reagir.
– Tem que ser rápido – exclamou Lutero Gêmeo, aumentando o tom de voz. – Meu herdeiro não será um bastardo. Chega dos bastardos do meu pai!
Ao deixar o quarto de Ozymandias, Lutero Gêmeo berrou:
– Tia Laura, vou me casar!
Ozymandias ficou ainda mais confusa. Não queria continuar ali, mas como poderia ir embora de Ateninhas naquele estado?

Ozymandias se lembrou de quando a madrinha morreu.

A mãe gostava de Ozymandias. A madrinha, não. Ozymandias sabia que a mãe e a madrinha eram irmãs, não amigas. A mãe, às vezes, criticava a madrinha para Ozymandias. A mãe estava certa. A madrinha sempre olhara para Ozymandias com vergonha; não tinha apenas desprezo por Ozymandias; tinha raiva. A menina era um fardo para ela.

No dia seguinte ao da morte da madrinha, Ozymandias foi chamada para uma conversa com um homem de gravata. Ela já havia visto aquele homem, sempre de terno impecável, tomando café com a madrinha. Ele estava no escritório da casa, aboletado na cadeira em que a madrinha costumava se sentar. De pé, Ozymandias se colocou na frente dele. Foi rápido. Tranquilo como um faquir, o homem de gravata explicou que Ozymandias não era filha da mulher que ela pensava ser sua mãe. Tampouco a madrinha era madrinha dela. O homem de gravata disse ainda que Ozymandias precisava encontrar os verdadeiros pais dela. Em seguida, o homem de gravata se levantou e tomou a direção da porta. Talvez não tenha sequer dito adeus.

Em choque, Ozymandias foi para os fundos da casa da madrinha. Começou a chorar. Sentiu-se sufocada. Não conseguia entender nada. Nem mesmo sabia quem ela era. Na garagem, encontrou o automóvel da madrinha com a chave na ignição. Abriu o portão da casa. Arrancou com o carro. Não olhou para trás. Não queria pensar em nada. Foi nesse dia que saiu sem destino.

OZYMANDIAS
VIII.

– No domingo vocês se casam! – exclamou o padre. – Já começamos a decorar com flores a igreja. Ateninhas está em polvorosa!

Laura, cheia de alfinetes na mão, apareceu no quarto de Ozymandias, arrastando uma caixa grande de onde retirou um brilhante vestido branco. Logo, Ozymandias estava de pé, de frente para o espelho, enquanto Laura, com movimentos vagarosos, emendava a roupa, aqui e ali, para caber no corpanzil da noiva.

– Gerações de Luteros se casaram com este vestido. O último casamento foi o do meu irmão, Lutero Benhamado, pai do Lutero Gêmeo. A mulher do meu irmão chamava-se Beatrice, uma libanesa esbelta e loira. Foi o último grande evento social da cidade.

Ozymandias registrou para si mesma a coincidência: a mãe de Lutero Gêmeo se chamava Beatrice, assim como a sua.

– Aliás, minto – corrigiu-se Laura –, o último grande evento ocorreu anos depois, quase duas décadas após o casamento do meu irmão, Lutero Benhamado. Na época, eu morava no Rio de Janeiro, mas todos contam da grandiosa efeméride. Foi a despedida dos soldados, os homens com um olho só, quando partiram de Ateninhas para lutar na Itália. Você deve ter ouvido falar dos Bravos Olhos de Ateninhas, não é? – indagou Laura a Ozymandias. – Foram defender nossa pátria na Segunda Guerra Mundial. Um batalhão formado de homens com apenas um olho, nascidos aqui na cidade. Não eram ciclopes – ria Laura enquanto explicava. – Aqueles homens tinham dois olhos, como nós, um de cada lado do rosto. Só que um dos olhos não abria. Na prática, era como se tivessem um. Valentes e inconsequentes. Todos pereceram. Não voltou nenhum. Esses ficaram famosos como os Bravos Olhos de Ateninhas. A história deles correu o Brasil.

Ozymandias não sabia de nada disso. Nem nunca ouvira falar de homens com um olho só. Embora permanecesse calada, Laura continuou falando.

– O casamento de Lutero Benhamado, meu irmão, foi um deslumbre – prosseguiu Laura. – A libanesa ficou linda neste vestido. A cidade parou uma semana para comemorar. Uma pena o que aconteceu depois... que desgraça...

Laura finalmente se calou. Ozymandias ficou curiosa para saber o que havia acontecido. Preferiu, contudo, não perguntar. Deixou a senhora terminar o serviço.

Ozymandias se olhou no espelho. Não fazia isso com frequência. Notou a cor de sua pele: nem preta, nem branca. Seus olhos miúdos e as proeminentes maçãs do rosto. Tinha dentes grandes e muito brancos. Naquele momento, pela primeira vez na vida, achou que poderia ser bonita.

Ozymandias depositava na filha que viria – pois tinha certeza que carregava uma menina no ventre – a esperança de uma vida melhor. Já não pensava em fugir dali. Pensava na oportunidade de finalmente ter uma família estável. Prometia a si mesma jamais abandonar a filha.

Talvez Laura tenha voltado a falar. Ozymandias já não prestava atenção. O espelho a dominava.

OZYMANDIAS
IX.

Os Luteros tinham muitos empregados. Para Ozymandias, todos eram distantes. Pareciam tensos na sua presença. Todos, menos Rute, uma mocinha. Rute olhava nos olhos de Ozymandias quando se dirigia a ela e falava como adulta. Ozymandias gostava de ouvi-la.

Rute não tratava Ozymandias com distância. Quando mencionava algum assunto, tinha o hábito de ressalvar que apenas repetia o que lhe haviam dito. Contou, por exemplo, que Lutero Benhamado, o pai de Lutero Gêmeo, cuidava da fazenda e enchia a criadagem de filhos. Contou que Lutero Gêmeo, no começo, era diferente de agora. Mais jovem, disse Rute, ele tinha gostado de verdade de uma menina da Vila, a roça que ficava perto de Ateninhas. O problema é que a menina era filha do pai dele com outra mulher da Vila. Os meios-irmãos se apaixonaram sem saber que eram meios-irmãos. A esposa de Lutero Benhamado, diante da situação, levou a moça embora. Partiu de Ateninhas com ela. O jovem Lutero Gêmeo, desconsolado, furou os olhos. Nunca mais ninguém na Vila ouviu falar nem da mãe de Lutero Gêmeo, nem da moça. Desapareceram.

Os olhos de Rute se arregalaram quando, com voz baixa, contou a Ozymandias que a tal jovem, a que sumira, a paixão de Lutero Gêmeo, desde que nascera havia sido criada como filha por Omokehinde, a parteira e líder da sua comunidade. Aquela história, revelou Rute, lhe fora confidenciada pela própria parteira, em segredo. Rute pediu total sigilo a Ozymandias sobre o episódio, e garantiu ser ele um tabu na Vila. Em reverência à parteira, ninguém tratava do assunto.

Ozymandias não planejava dividir aquela história com ninguém. Ficou, contudo, pensando no motivo de Rute ter revelado a ela aquela intimidade de Lutero Gêmeo. Talvez Rute pretendesse despertar em Ozymandias alguma compaixão pelo cego. Não conseguiu.

A noiva, de branco e maquiada, foi colocada numa enfeitada carroça como uma santa em procissão. Pelo caminho que ia do Solar ao Centro de Ateninhas, cada vez mais gente acompanhava a comitiva. Ateninhas tinha casas baixas. As janelas se encheram para ver a passagem da noiva em direção à igreja, na praça da cidade. Assustada, Ozymandias congelou. Parecia um boneco de cera.

De barba feita e terno escuro, Lutero Gêmeo aguardava a noiva à porta da igreja. Quando Ozymandias chegou, ele segurou sua mão. A cerimônia foi rápida. O padre enalteceu os Luteros e exaltou o feito da noiva, salvadora de Ateninhas. A igreja aplaudiu quando Lutero Gêmeo deu um beijo desajeitado na testa de sua mulher.

Ele pediu a palavra:

– Amigos de Ateninhas – bradou, como se estivesse na tribuna. – A história de Ateninhas mantém seu curso. A santa já carrega no ventre o meu sangue. Vida longa aos Luteros!

Aplausos. Vivas.

Ozymandias assistia a tudo como se fosse apenas uma espectadora. Não conseguia reagir. O povo de Ateninhas seguiu o casal até o Solar dos Luteros em procissão.

Ozymandias, ao entrar em casa, começou a vomitar. Estava tonta. Desmaiou.

Quando acordou, Laura e uma senhora negra, de cabelos brancos, a observavam.

– Está tudo bem, minha filha – acalmou-a a senhora, depois de apalpar a barriga de Ozymandias por todos os ângulos. – A sua gravidez é abençoada. Você espera muitos filhos.

Ozymandias pressentiu que ia vomitar novamente.

OZYMANDIAS
X.

Ozymandias sentia a barriga crescer como um fenômeno. Mal conseguia levantar-se da cama.
   A senhora de cabelos brancos ia vê-la de vez em quando.
   – Não acreditei quando o juiz Lutero Gêmeo apareceu na roça – disse a senhora a Ozymandias. – Achei que ele não teria coragem de ir lá. Quando chegou na porta da minha casa, junto com seus homens, vi que era coisa séria. Foi pedir ajuda. Queria que eu estivesse presente quando chegasse a hora do nascimento do filho. Pediu que eu acompanhasse a gravidez. Me autorizou a entrar no Solar. A gente se engana em relação às pessoas. Achei que o juiz nunca me pediria nada. Mas pediu. Disse que era a vida do filho dele. Disse que confiava em mim. Só em mim. Fiquei pensando se devia ajudá-lo. Tenho motivos para não gostar dele. O juiz Lutero Gêmeo sabe que não gosto dele. Mesmo assim, foi me pedir ajuda. Quando cheguei aqui, vi seu sangue iorubá. Vou ajudar.
   Ozymandias apenas ouvia a senhora, que observou:
   – Sua barriga cresceu. Em Ateninhas, todo mundo acha que você é santa. Matou a onça. Engravidou do *seu* Lutero Gêmeo. Quando se espalhou a notícia de que seriam muitos filhos, a admiração só fez aumentar. Ninguém duvida que aqui tem mão divina.
   A senhora prosseguiu:

— E, agora, essas notícias estranhas. Depois do seu casamento, as mulheres de Ateninhas ficaram grávidas. Até as da roça estão prenhes. Mulheres mais velhas também guardam crianças em seus ventres. Um milagre.

A senhora segurava a mão de Ozymandias:

— O juiz Lutero Gêmeo disse que você se chama Eva. Em Ateninhas, eles falam da Santa Lúcia. Fico sem saber como chamá-la. O importante, agora, é descansar. Ficar quieta. Não é toda mulher que consegue carregar tantos filhos de uma vez só.

"Tantos filhos de uma vez só?!", pensou Ozymandias, sem saber, mais uma vez, como reagir.

A velha parteira se chamava Omokehinde. Ateninhas, segundo ela, era o nome recente da cidade. Antes, naquele local, por onde passava o largo rio marrom que os brancos chamavam de Escamandro, havia um quilombo. Não um quilombo qualquer, mas um poderoso, chamado Ibadã, que "os brancos temiam e deixavam a gente em paz". Os fugidos que falassem iorubá podiam ir para lá. Nobres iorubás viviam em Ibadã. Os bantos eram bem-vindos também. Os antepassados de Omokehinde chegaram primeiro na Bahia. Depois, se refugiaram naquele lugar. Eram livres havia muito tempo. Os Luteros construíram o Solar na época em que começaram a plantar café. Quando ela era menina, apareceram os italianos e trouxeram a língua deles. Aos poucos, a gente iorubá se dispersou. Alguns foram morar afastado, perto da roça, onde fica a Vila. Outros partiram para a cidade grande. Os iorubás esqueceram a sua língua. Quando esqueceram a língua, perderam a alma. O povo se desgarrou, lamentou Omokehinde.

Lutero Gêmeo pouco saía de seu quarto. Visitava Ozymandias cada vez menos. Quando aparecia, acariciava a barriga da grávida e nada dizia. Esses encontros eram penosos para ela, que detestava a presença do marido e continuava a sentir asco quando tocada por ele. Ela dizia a si mesma que jamais toleraria uma segunda investida de Lutero Gêmeo.

Era madrugada quando Ozymandias sentiu muita dor. A hora havia chegado. Laura ficou ao lado dela. Lutero Gêmeo mandou um carro buscar Omokehinde com urgência. A parteira, experiente, tirou as crianças do ventre de Ozymandias. Uma a uma. Eram quatro.

OZYMANDIAS
XI.

Lutero Gêmeo segurou as crianças. Uma de cada vez. Olhou com as mãos. Duas meninas e dois meninos. Uma das crianças não chorava. Parecia dormir. Omokehinde explicou que ela era encantada.

Colocaram as quatro numa mesma cama, ao lado de Ozymandias.

Laura, exultante com a chegada dos bebês, se dispôs a organizar o batizado. Passou a se ocupar das mantas para a cerimônia, iguais às usadas pelos Luteros por gerações. Segundo ela, na cidade só se falava do fabuloso nascimento. Veneravam Santa Lúcia. O fenômeno da gravidez coletiva continuava a ser visto como mais um milagre da salvadora, taumaturga, matadora da Fera de Ateninhas.

Enquanto media os recém-nascidos e cortava o molde das roupas, Laura revelou a Ozymandias a esperança de que as crianças dessem um rumo à vida de seu sobrinho Lutero Gêmeo.

Confidenciou ainda que, havia algum tempo, iniciara o projeto ambicioso de traduzir um livro de um poeta florentino, chamado Dante Alighieri, no qual o autor narra sua viagem pelo Inferno, o Purgatório e o Paraíso. Laura disse que, no dia da chegada de Ozymandias ao Solar, ela trabalhava justamente numa passagem do longo poema em que o poeta, na entrada do Purgatório, sonha com uma águia de penas de ouro que o carrega até as portas do Paraíso. Quando o poeta desperta, já está no seu destino. Dante creditou o milagre a Santa Lúcia. Isso porque, na língua de Dante, "águia" podia ser um anagrama de Lúcia, o nome da santa.

– Para mim – registrou Laura –, foi um sinal. Todos em Ateninhas a chamam de Santa Lúcia. Espero que você seja essa águia dourada que leve meu sobrinho ao Paraíso.

E continuou:

– Minha mãe dizia que a desgraça dos Luteros começou com a chegada de uma família libanesa a Ateninhas. Um sapateiro e suas duas filhas.

Laura contou que essas duas filhas se interessaram por Lutero Benhamado, seu irmão. Ele escolheu a mais loira. Logo tiveram filhos, gêmeos, que receberam o mesmo nome do progenitor: Lutero. Um dia, ainda crianças, brincando com uma arma do pai, um deles disparou no outro. Um tiro fatal. Lutero Gêmeo matou o irmão. O irmão que era igual a ele. Segundo Laura, a libanesa nunca mais falou. Passou a viver num luto constante.

– Meu irmão se transformou num pote de mágoa – lamentou Laura. – Meu sobrinho, seu marido, foi criado com poucas palavras.

OZYMANDIAS
XII.

No dia marcado para o batizado, Lutero Gêmeo acordou ardendo em febre, sem condições de ficar de pé. Para frustração de Laura, o evento foi desmarcado. Como tudo já estava organizado, Laura, Ozymandias e as crianças foram à igreja de Ateninhas apenas para receber uma bênção. As ruas se encheram. O povo de Ateninhas queria encostar nos quatro recém-nascidos como se fossem relíquias. Na igreja, as mulheres grávidas se amontoavam.

Ao lado da igreja, na praça central, ficava a biblioteca de Ateninhas, cuja fachada tomara como modelo a do Partenon de Atenas. A biblioteca se localizava num pequeno promontório que sustentava uma escadaria de pedra, guardada por esculturas de leões sonolentos. Laura conduziu uma impressionada Ozymandias ao belo prédio. O padre foi atrás. Ozymandias já estivera no Centro de Ateninhas, mas ficara envergonhada de pedir para visitar a construção.

Com falar vagaroso, o sacerdote explicou que, no passado, a biblioteca dominava a cidade. Os jesuítas, disse ele, fundadores de Ateninhas, levaram uma grande quantidade de livros para o local e instalaram ali um centro de estudos. Pesquisadores e estudiosos chegavam de longe para consultar o acervo. Com o tempo, por razões desconhecidas, os livros começaram a desaparecer. Ninguém tomou providências.

Um dia, quase não havia mais livros. Restara a construção imensa. E uma imensidão de estantes com prateleiras vazias. O que antes era o orgulho da cidade virara um símbolo de decadência.

O padre forçou a entrada da biblioteca. A porta cedeu. Um senhor, velhinho, apareceu. Foi logo cumprimentando Laura, o pároco e Ozymandias. Era Metinques, o responsável pela biblioteca.

Um grandioso mural na frente da biblioteca dominava a entrada do edifício, retratando dois homens. Era um registro, esclareceu o padre, da visita de Dom Pedro II a Ateninhas. Uma visita que não aconteceu. No dia marcado, o imperador torceu o pé e o evento foi cancelado. O homem ao lado de Dom Pedro II era Lutero Sábio, bisavô do juiz Lutero Gêmeo e avô de Laura e Lutero Benhamado. Laura prontamente corrigiu o padre: o imperador não foi a Ateninhas porque soube da simpatia dos Luteros pela causa republicana. O acaso não tinha nada a ver com aquilo, garantiu a senhora.

Quando Laura e o padre deram três passos à frente, já dentro da biblioteca, foi a vez de Metinques, de lado, sussurrar para Ozymandias que a visita de Dom Pedro nem sequer fora marcada e que os Luteros apoiaram a monarquia até a abolição dos escravizados.

– Se não gostavam do rei, por que mandariam fazer o mural? – provocou em voz baixa o velho bibliotecário.

Sem tirar o sorriso do rosto, Metinques advertiu Ozymandias de que o padre sempre dizia o que as pessoas queriam escutar, daí guardar histórias diferentes de Ateninhas, cada uma destinada a um tipo específico de plateia.

Ozymandias nunca tinha entrado num edifício tão grande como o da biblioteca. Nem a igreja da Praia de Botafogo, no Rio de Janeiro, tinha aquela dimensão.

Entusiasmado, Metinques explicou onde, no passado, ficavam os livros de história, os pergaminhos medievais, os palimpsestos, as raridades, os trabalhos de geografia, de filosofia e um sem-fim de áreas do conhecimento. Enquanto falava, apontava as prateleiras vazias, obrigando Ozymandias a imaginá-las cheias de livros. Na volta para o Solar dos Luteros, Ozymandias observou as ruas largas, o casario de Ateninhas, marcado pelo tempo e pelo descuido. Conseguiu, na imaginação, reconstruir a antiga e tão falada beleza da cidade.

No dia seguinte, Rute entrou correndo no quarto de Ozymandias. Com o rosto coberto de lágrimas, a menina contou a desgraça: todas as mulheres de Ateninhas, sem exceção, haviam perdido os filhos que carregavam no ventre. Todas acordaram sangrando, com seus fetos mortos.

LUTERO GÊMEO
I.

Ninguém conseguia explicar o ocorrido. Ninguém sabia como fora possível que as mulheres da cidade tivessem engravidado ao mesmo tempo. Também ninguém conseguia entender como todas perderam a gravidez. Um fenômeno.

Na alegria, ninguém se preocupa com explicações. Na tristeza, as explicações se fazem necessárias. As pessoas queriam saber o porquê. Os médicos não conseguiam elucidar o acontecido.

O padre foi ao Solar dos Luteros. Relatou a Laura e Lutero Gêmeo a tensão que tomara conta de Ateninhas. Segundo ele, um número crescente de pessoas culpava a santa pela tragédia das gravidezes interrompidas. Afinal, ela parira quadrigêmeos e depois de sua chegada ninguém mais conseguiu ter filhos. Imaginavam que a santa tivesse lançado uma praga ou algo similar. O padre alertou: era necessário dar uma explicação rápida, antes que essa versão ganhasse corpo.

Lutero Gêmeo entendeu o problema. Precisavam conter a indignação dos moradores da cidade. Precisavam entender a causa daquela desgraça. Ele procurou a tia para discutir o tema. Laura, igualmente preocupada com o estranho acontecimento, prontificou-se a consultar a parteira Omokehinde. O sobrinho concordou: para ele, Omokehinde unia a sabedoria à experiência quando se tratava do nascimento de criança.

LAURA
I.

Laura e Omokehinde tinham praticamente a mesma idade. Elas se conheciam desde crianças. Laura fora criada na fartura. Omokehinde, com privações. Laura passara boa parte da vida na cidade grande. Omokehinde só iria uma vez ao Rio de Janeiro. Na velhice, Laura estava gorda e limitada. Omokehinde tinha disposição e energia. Laura não encontrava sentido ou prazer na vida – o amor, que move o sol e as estrelas, ela apenas encontrou na escrita de Dante. Omokehinde vivia como se estivesse cumprindo um dever. Nenhuma das duas experimentara a paixão.

Apesar da dificuldade de locomoção, Laura, com a ajuda de empregados, foi até Omokehinde, que, desde sempre, acompanhava os partos na região. O médico da cidade costumava chamá-la na chegada das crianças. Quando Laura a encontrou, explicou o motivo da visita. Precisava de uma resposta: por que as gravidezes haviam sido perdidas?

Omokehinde já tinha ciência da desgraceira. Ela disse que fizera aquela mesma pergunta aos deuses dela. Laura quis saber:

– O que disseram?

METINQUES
IV.

É de propósito que conto a história desta forma. Assim, ninguém perde nada. Já falei de Jumoke?
    Jumoke, irmã de Omokehinde, era uma jovem linda. Imaginem uma mulher bonita: era Jumoke. Se estas páginas não refletirem essa beleza, culpem meu escasso talento, míngua de saber, engenho e arte.

(As Musas, suspeito que por inveja, secaram minha inspiração para descrever Jumoke. Mas não repita isso! Não convém provocar os deuses.)

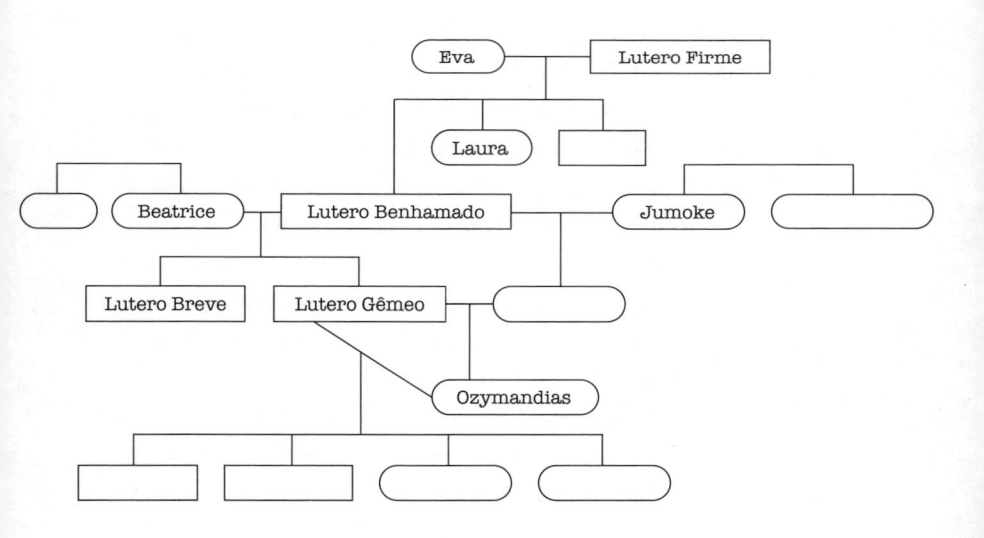

```
                    ┌─────┐──────┌──────────────┐
                    │ Eva │──────│ Lutero Firme │
                    └─────┘      └──────────────┘
                       │
                   ┌───────┐   ┌──────┐
                   │ Laura │   │      │
                   └───────┘   └──────┘

┌───┐ ┌──────────┐ ┌──────────────────┐ ┌────────┐ ┌──────┐
│   │ │ Beatrice │─│ Lutero Benhamado │─│ Jumoke │─│      │
└───┘ └──────────┘ └──────────────────┘ └────────┘ └──────┘
                          │
         ┌──────────────┐ ┌───────────────┐ ┌──────┐
         │ Lutero Breve │ │ Lutero Gêmeo  │ │      │
         └──────────────┘ └───────────────┘ └──────┘
                                  │
                           ┌──────────────┐
                           │ Ozymandias   │
                           └──────────────┘
              ┌─────┐ ┌─────┐ ┌─────┐ ┌─────┐
              │     │ │     │ │     │ │     │
              └─────┘ └─────┘ └─────┘ └─────┘
```

JUMOKE
I.

O juiz Lutero Benhamado tinha um apetite desmedido por mulheres. Na Vila, era chamado Demonhão. Os pais de Jumoke, líderes da comunidade, morriam de medo de que ele a desejasse. Escondiam a bela Jumoke como podiam.

O pai de Jumoke tinha nobreza. Seus antepassados tinham vindo de Queto e foram reis de Ibadã. Chegaram ao Brasil como cativos. Logo escaparam. Fundaram um quilombo e resistiram a tudo: às armas, à seca, às doenças. Todos sempre respeitaram a família de Jumoke como líderes da comunidade.

Jumoke se apaixonou por Rotimi, o mais forte de todos. Jumoke se casou com ele, que sempre a chamara de Olamide, um de seus nomes. Rotimi também buscava proteger Jumoke. Não deixava que ela fosse até o cafezal para que o juiz Lutero Benhamado não a visse.

Senhor das fazendas, Lutero Benhamado morava ao lado de Ateninhas, num casarão bonito. Quase todos os dias cruzava a sua propriedade em cima de um cavalo. Percorria o casario dos italianos. Atravessava a galope o meio da Vila. Jumoke se escondia.

Mas o que tem que acontecer acontece.

Cada época traz as próprias tormentas. A plantação de café ia bem. Eis o problema: ia bem demais. Havia mais café do que demanda. Uma safra extraordinária derrubara o preço do grão. Então, Lutero Benhamado mandou parar o cultivo. O trabalho na lavoura foi interrompido. A gente da Vila ganhou um tempo que não costumava ter. Cada um se ocupou com coisas novas. Jumoke se sentiu mais livre.

Uma tarde, Jumoke retornava sozinha do poço e Lutero Benhamado passava de cavalo com seus homens. Os olhos do patrão brilharam quando ele avistou Jumoke. Apeou e, com a ajuda dos empregados, possuiu Jumoke na beira da estrada. Jumoke tentou reagir, mas tomou um soco. Caída de costas, desfalecida, Lutero Benhamado trepou em Jumoke como um cão. A violência foi rápida.

Jumoke permaneceu no chão por muito tempo após Lutero Benhamado partir. Tentando se recompor, voltou ao poço para se lavar. Chegou em casa sem falar nada a ninguém. Não saiu mais do seu pequeno quarto. Todos estranharam a mudança de comportamento. Logo viria a notícia: ela esperava uma criança.

Jumoke não sabia quem era o pai.

Sua angústia muda contagiou Rotimi.

Ao perceberem o estado de ânimo da filha, os pais de Jumoke a levaram ao babalaô. Pediram que ele lesse o futuro da criança por nascer. A face do babalaô revelou assombro. Disse que a criança uniria a família pelo sofrimento.

No parto, Jumoke deu à luz uma menina de pele mais clara que a sua. Cor de mestiço. Rotimi era negro. Preto profundo. Quase a mesma cor de Jumoke.

Ela percebeu que a filha não era de Rotimi. Desabou. Chorou compulsivamente. Apenas então, ainda com sangue sob o corpo, contou a Rotimi da agressão que sofrera do juiz Lutero Benhamado, na beira da estrada.

    Rotimi escutou. Seus olhos, a partir daí, encontraram o horizonte. Em seguida ele pegou um facão e saiu da casa.

JUMOKE
II.

Levaram o corpo de Rotimi para a Vila. Cheio de furos de bala. Ao vê-lo morto, Jumoke não conseguiu chorar.

Contaram que Rotimi entrara no Solar gritando que mataria o juiz Lutero Benhamado. Não chegou nem perto dele. Os capangas de Lutero Benhamado encheram Rotimi de tiros. Devolveram o corpo.

Jumoke ficou sete dias e sete noites ao lado do cadáver de Rotimi. Calada velou o marido. Ninguém lhe dirigia palavra porque todos viam a sua dor.

OMOKEHINDE
I.

Omokehinde adorava a irmã, Jumoke. Nasceram no mesmo dia. Jumoke respirou primeiro. Omokehinde cresceu penteando os cabelos de Jumoke.

Anos depois, Omokehinde fez o parto da filha da irmã. Foi ela que trouxe a menina ao mundo. A filha de Jumoke nasceu num dia ensolarado. Omokehinde percebeu que a menina tinha a pele mais clara que a da mãe. Testemunhou o desespero da irmã, que, pela cor, descobriu quem era o pai. Omokehinde segurou a criança enquanto a irmã velava o corpo do marido.

Jumoke não tinha forças para superar os acontecimentos. Não encontrou paz nem na filha. Deixou de comer. Adoeceu. Embora exaurida pelo pesar, a beleza nunca a abandonou.

Naquele mesmo período, a mulher de Lutero Benhamado, a loira Beatrice, teve gêmeos. Dois meninos.

A comunidade se afastou de Jumoke. Jumoke se afastou da comunidade. Havia rumores sobre quem seria o pai da criança. Alguns diziam que era o juiz Lutero Benhamado. Outros diziam que era um dos empregados dele. Talvez algum italiano maldito. Diziam. Jumoke pediu à família que jamais revelasse o ocorrido. Pediu também a Omokehinde que cuidasse da criança como filha. Para Omokehinde,

Jumoke confidenciou não saber como as pessoas poderiam ser felizes com alguém triste a seu lado. Não queria aquela tristeza para a irmã nem para a filha. Decidiu morrer. Foi enterrada ao lado de Rotimi.

Omokehinde criou a menina sozinha. O nome dela era Abayomi. Abayomi era filha de um homem branco. Não era a única bastarda na Vila. Omokehinde nunca falou para Abayomi de Jumoke. Um tabu. Para Abayomi, Omokehinde era sua mãe.

Abayomi era rápida, cheia de vida. Tinha os olhos amendoados iguais aos da mãe. Uma perna ligeiramente maior que a outra, o que a fazia claudicar graciosamente.

Omokehinde queria que Abayomi estudasse e, diferentemente dela, aprendesse a ler. Certa vez escutou que a educação era capaz de tudo, até de fazer onça dançar. Nunca esqueceu. Para que a menina pudesse dizer o que pensava, seria necessário dominar a fala. Abayomi tinha de estudar. A escola em Ateninhas não tinha vaga para gente da roça. Omokehinde não se conformou. Decidiu pedir a ajuda de Laura.

METINQUES V.

Pois é. Laura e Omokehinde tinham uma história. História que passa pela morte de uma criança. Vou contar o que aconteceu. Antes, entretanto, preciso voltar a Eva, a italiana, mãe de Laura e Lutero Benhamado.

EVA
V.

Eva, depois daquele primeiro encontro com Enrico, voltou da biblioteca para o Solar em contido silêncio. Tinha vontade de dar mais beijos naquele homem. Não sentiu remorso. Naquele instante, não pensava no marido, Lutero Firme. Pensava apenas em quando sua boca poderia beijar Enrico novamente.

EVA
VI.

Eva dava pouca atenção aos filhos. Contava as horas para deixar o Solar e ir à biblioteca. Depois das aulas, ficava a sós com Enrico na sala. Logo, os beijos não bastavam. Amavam-se ali mesmo.

Enrico chegara havia pouco da Itália. Tinha vindo para o Brasil com a mulher e os filhos. Isso pouco importava a Eva. Ela entendia que não estava apaixonada por Enrico. A relação com ele era física. Aquela aventura a salvara da tristeza. Eva estava eufórica.

Enrico conseguiu um lugar onde poderiam ficar mais à vontade. Um amigo lhe emprestara a casa, numa rua escondida, não longe da biblioteca de Ateninhas. Terminada a aula, ele se dirigia ao local do encontro. Eva, para despistar, chegava minutos depois. Mal se falavam. Faziam um amor furioso, lascivo.

Certa noite, no meio do coito, a porta do quarto se abriu. Um grupo de italianos entrou no apertado recinto. Enrico, que possuía Eva por trás, segurou firme a mulher. De forma ríspida, ordenou que ela não parasse. Eva se assustou. Os homens, espremidos no pequeno quarto, assistiram ao ato sexual dos dois. Enrico subiu o tom de voz. Gritava para que Eva não parasse. Segurava vigorosamente suas ancas, puxando-as em direção ao próprio corpo. Eva fechou os olhos com toda a sua força. Deixou-se cair na cama, como cai um corpo morto.

METINQUES
VI.

Diante da relação antiga entre Laura e Omokehinde, não fiquei surpreso quando Laura foi à biblioteca pedir que eu educasse Abayomi, a menina criada como filha por Omokehinde. A escola da cidade recusou-se a aceitá-la. Laura queria que eu ensinasse a pequena a ler.

Antes de atender ao pedido, quis conhecer a garota. Sabia que ela, na verdade, era filha da falecida irmã de Omokehinde. Mas, como se diz, mãe é quem cria. O pai era desconhecido; ao menos naquele momento era desconhecido para mim. Pela aparência da criança, o pai não era negro.

Gostei logo de Abayomi. Em troca dos meus ensinamentos, ela me ajudaria na limpeza da biblioteca, que já não tinha outro funcionário. Abayomi ia todos os dias à biblioteca de Ateninhas. Logo se tornou amiga dos livros. Esperta, gostava de aprender. Compreendi que a sabedoria nos envia à infância. Se não aprendêssemos com as novas gerações, o mundo andaria para trás.

Contei a Abayomi que boa parte daqueles livros chegara ali pelas mãos do povo iorubá, também chamado de nagô. Muitos eram textos antigos que no passado compunham o acervo da biblioteca de Tombuctu. Falei a ela de uma civilização extraordinária, o império Songai, onde todos – negros, brancos, cristãos, muçulmanos, judeus e iorubás – viviam em harmonia. Havia espaço para que as pessoas estudassem e falassem as suas verdades. Um dia, os marroquinos invadiram o império Songai. Os professores tiveram que fugir. Conseguiram salvar os livros, transportados até Luanda. Um negro rico, que ganhara dinheiro à custa da liberdade de seus irmãos, trouxe o precioso acervo para a América e tudo acabou indo parar em Ateninhas. Por que livros raros foram parar lá? Eu não sabia dizer. Só a força do destino poderia explicar.

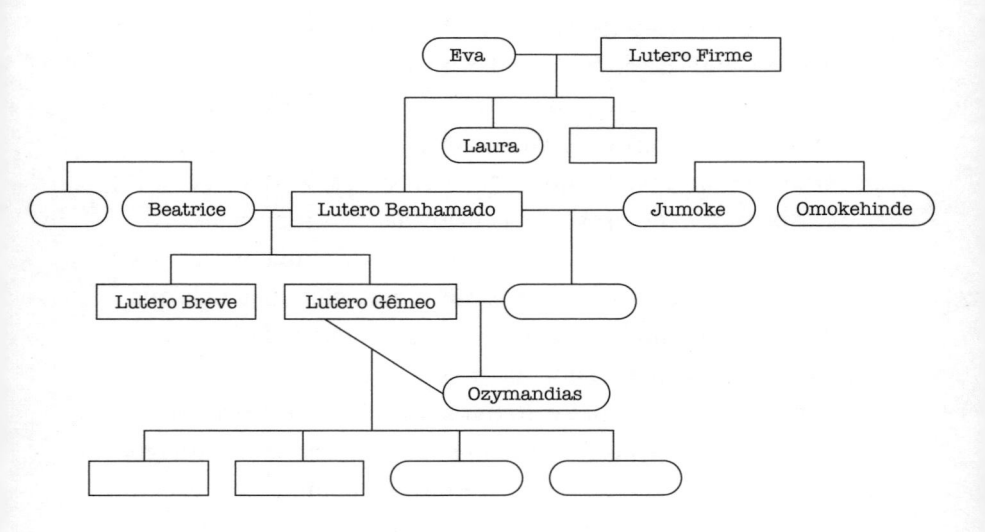

ABAYOMI
I.

Abayomi cresceu dentro da biblioteca. Gostava de ler. Só gostava mais de correr e nadar no açude.

Abayomi não era linda como a mãe, Jumoke. Em compensação, era mais ágil e rápida – mais rápida que a ema selvagem. Tinha resposta para tudo. Logo ficou amiga de Metinques. O velho gostava de provocar a curiosidade da menina.

Alertando a jovem sobre a existência de inúmeras versões acerca da fundação da cidade, Metinques contou aquela que lhe parecia a mais plausível acerca da chegada dos Luteros em Ateninhas. Tudo acontecera quando o local tinha outro nome, dado pelos nativos: Itacolomi. Os primeiros homens brancos construíram suas casas ao lado do lago, num vale cercado de morros. Antes de plantar café, procuraram ouro. Violadores do sertão e plantadores de cidades. Estabeleceram um povoado. Na época, valia a lei da espada. Quem mandava na região era um português, cujo nome se perdeu. Esse português teve um filho com uma indígena, que deixara a tribo Margaia para morar com ele. O filho era a alegria do português.

Um dia apareceu na Vila um homem corpulento, com os dedos de uma das mãos decepados. Tudo indicava se tratar de um fugitivo. Possivelmente, um ladrão. Ele se chamava Lutero, o primeiro dos Luteros. Desfiou sua história: um bastardo que havia matado o pai que o abandonara. Porém, consumado o crime, se arrependera. Por isso, segundo contou o forasteiro, cortara os dedos da mão que matara o pai. Era um pobre coitado, dizia de si mesmo.

– Por que se mutilou? – perguntou o português.

– Punição – respondeu secamente Lutero Primeiro, olhando nos olhos do português.

– O homem é seu nome e seu corpo. Nada mais – filosofou o português.

A indígena, mulher do português, interveio:

– Este – disse ela, apontando para Lutero Primeiro – precisa nascer de novo. Matou o pai e se mutilou. Perdeu o nome e o corpo.

O português teve pena, embora esse sentimento, naquele sertão, nunca desse frutos. Contrariando alguns membros da pequena comunidade, que queriam expulsar o recém-chegado, o português o acolheu. Pediu ao pajé da tribo de sua mulher que purificasse Lutero Primeiro. Assim foi feito. O pajé margaia, com os olhos cerrados, advertiu o português: deveria cuidar do filho, pois o menino, meio português e meio nativo, estava destinado a morrer pelo ferro.

Preocupado, o português mandou retirar os objetos de ferro de perto do filho. Queria garantir que a maldita profecia não se concretizaria. Pediu a Lutero Primeiro que cuidasse da criança, onde quer que ela fosse. Jurando gratidão ao português, o forasteiro prometeu proteger o menino.

Lutero Primeiro se casou. Fez filho, que chamou também de Lutero.

Uma tarde, andando na mata, o filho do português com

a indígena se deparou com uma onça. Faminta e assustada, a onça pulou em cima do menino. Lutero Primeiro ouviu os gritos e atirou seu facão no animal. Errou o alvo. O facão atingiu o pescoço do garoto. Surgiram outros homens. Conseguiram afugentar a onça. O filho do português morreu pelo ferro, pelas mãos do homem que o pai acolhera e mandara purificar. Lutero Primeiro carregou o corpo da criança até o pai.

Para o português, não havia perdão. Lutero Primeiro deveria morrer. Ele compreendeu: estava jurado de morte. Fugiu. Mas não podia fugir para sempre. Sua mulher e seu filho haviam ficado na aldeia.

Não se sabe o que Lutero Primeiro fez para enriquecer. Ganhou dinheiro com tráfico de escravizados, cogitava Metinques. Passado algum tempo, voltou para aquela aldeia. Chegou bem vestido, acompanhado de homens armados. Emboabas. Queria reencontrar a mulher e o filho. Soube então que, após sua fuga, o português, furioso, matara sua mulher e seu filho. Lutero Primeiro não teve piedade: passou a faca no português, expulsou a indígena, matou os filhos do português e comeu o fígado deles. Deixou o corpo do português ao relento, apodrecendo por meses. Não ia fazer pasto de quem dizimara sua família. Tomou o lugar pela força.

A indígena, numa manhã, apareceu na aldeia. Foi sozinha. No meio do povoado, começou a gritar e toda a gente apareceu. Ela amaldiçoou Lutero Primeiro em sua língua. Quem entendeu contou que, num feitiço de imprecações, a indígena garantia que suas palavras poderiam lançar setas no peito de reis. A nativa rogou uma praga: a descendência de Lutero Primeiro se consumiria. Foi uma execração longa que culminou em suicídio. Com os olhos arregalados, a indígena soltou um berro e cortou o próprio pescoço. Lutero Primeiro mandou jogar o corpo na água barrenta do rio.

Segundo outra versão, quando Lutero Primeiro retornou ao local, não encontrou ninguém. Nem o português nem a própria família. Deparou-se apenas com uma inscrição talhada numa árvore, onde se lia "Croatoan". Ninguém entendeu o significado e o mistério persiste. Ali teriam refundado a cidade.

Certo é que Lutero Primeiro constituiu uma nova família. Seu filho ergueu muros e portais em Ateninhas, cujos traços já mal se podiam notar. O bisneto de Lutero Primeiro mandou erguer a biblioteca e instalar o grande relógio que passaria a enfeitar sua fachada. Esse bisneto, Lutero Luzente, era um erudito. Ateninhas viveu seu apogeu nesse período, quando se reuniu a maior parte do acervo da biblioteca. Luzente determinou que o relógio estivesse dez minutos adiantado, pois assim Ateninhas estaria sempre à frente de seu tempo. O filho desse bisneto, Lutero Piedoso, tirou o relógio do portal da biblioteca. Mandou pintar no frontispício do prédio os dizeres *Arma nostra sunt libri* – "Os livros são nossas armas". Essas palavras há muito também foram retiradas.

Abayomi se divertia com as histórias de Metinques.

ABAYOMI
II.

Quando Abayomi já tinha virado moça, viu um rapaz branco na biblioteca. Era incomum encontrar alguém ali. O moço começou a ir com frequência crescente ao local.

Abayomi sentiu algo diferente pelo jovem tímido e bem-apessoado. Os dois passaram a conversar. Discutiam o que estavam lendo. Falavam sobre a vida, os lugares que não conheciam, os seus sonhos. Riam juntos.

Demorou algum tempo para Abayomi se dar conta de que não sabia o nome do rapaz. Não havia nada de mal em indagar o nome dele. Feita a pergunta, o moço respondeu:

– Lutero. Lutero Gêmeo.

ABAYOMI
III.

Abayomi sabia que sua mãe, por motivos que desconhecia, odiava os Luteros. Ou melhor: sua mãe dizia que Laura, irmã do juiz Lutero Benhamado, era diferente. Os demais não prestavam, garantia. Na roça, todos detestavam os Luteros. Abayomi, porém, gostava daquele Lutero Gêmeo, sentia-se bem ao lado dele.

Os dois jovens, a sós, passavam o tempo que podiam na enorme biblioteca. Tempo é esperança. Eles alimentavam de esperança aquelas preciosas horas. Metinques, de vez em quando, cumprimentava os dois e perguntava o que estavam lendo.

Sem que se dessem conta, Abayomi e Lutero Gêmeo se beijaram. Gostaram de se beijar. Rapidamente se abraçaram também.

ABAYOMI E LUTERO GÊMEO
I.

– Quero escrever um livro.
 – Qual seria a história?
 – Uma história original, nunca contada antes, em prosa ou em rima. Algo novo, revolucionário, jamais pronunciado pelos lábios dos homens.
 – Isso, nada de imitação. A arte tem início onde acaba a imitação.
 – Nada disso: a arte começa quando se pode mentir.
 Risos.
 – Uma mulher abandona o marido com a filha e segue para o Novo Mundo. O homem desprezado passa a cuidar da menina com todo amor. A filha se torna a razão de sua vida. Já mais crescida, ela adoece e morre. O homem se desespera. Decide ir atrás da ex-mulher, cujo paradeiro desconhece, para convencê-la a ter outro filho com ele, na esperança de remediar sua perda. Não bastava ser outro filho. Tinha que ser um filho com a mesma mulher. Então o homem pega um navio e vem para a América. Precisava achar sua ex-mulher. Queria encontrar um antigo amor para construir um novo amor.
 – E depois?
 – E depois... Ora, só um tolo começa um livro sabendo como vai terminá-lo... Uma ideia clara é uma ideia sem futuro.

Risos.

– Você acha que Deus faz planos para o futuro?

– Isso me faz pensar em ir embora. Nós dois. Fugir daqui. Só existe vida fora desses muros.

E se beijavam.

Quando se fala de gente, um mais um é sempre mais que dois.

METINQUES
VII.

A história de Abayomi e Lutero Gêmeo não foi coisa rápida. Tinha verdade ali. Não sou bom de contar o tempo, mas com certeza foram três ou quatro anos de intensidade no relacionamento dos dois. Estavam apaixonados. Para não atrapalhar, eu fingia não entender o que acontecia. Eles não precisavam de cúmplices. Eles se bastavam.

Se o mundo tivesse acabado ali, quando os dois estavam juntos, teria sido melhor para o mundo.

OMOKEHINDE
II.

Omokehinde notou a mudança no comportamento de Abayomi.

Toda noite Abayomi contava histórias para Omokehinde, enquanto uma penteava os cabelos da outra. Normalmente, Abayomi falava sobre o que estava lendo. Omokehinde reparou que a jovem agora explicava tudo de forma diferente. Embora negasse qualquer novidade, Omokehinde percebeu: a menina virara mulher.

Omokehinde decidiu aparecer de surpresa na biblioteca. Encontrou Abayomi e Lutero Gêmeo sentados à mesma mesa. Logo ficou nítida a intimidade dos dois. Omokehinde segurou firme a menina pelo braço. Sem dirigir palavra ao rapaz, arrancou Abayomi do local. Os jovens não entenderam a violência.

No caminho para casa, Omokehinde proibiu Abayomi de se encontrar com o filho do juiz Lutero Benhamado. Falou com raiva. Não ofereceu motivos, apesar de a jovem, em meio às lágrimas, implorar por explicações.

Omokehinde acordou com a presença de Abayomi, que se sentara no chão do quarto da parteira. Abayomi começou a contar uma história que ouvira, quando criança, da própria Omokehinde. Era a história de um sapo que, um dia, avistou um bicho para ele desconhecido: comprido, fininho, de pele reluzente. Uma cobra. Esta também nunca tinha visto um sapo. Começaram a conversar. O sapo ensinou a cobra a pular e a cobra mostrou ao sapo como rastejar. Os dois se divertiram juntos. Quando o sapo voltou para casa, no fim do dia, mencionou que havia conhecido a cobra. A mãe do sapo o repreendeu. Alertou do risco. Proibiu a companhia. O mesmo sucedeu com a cobra e a mãe dela. A cobra foi informada pela mãe que o sapo era sua comida. A mãe da cobra censurou a amizade com o sapo – e ainda a proibiu de pular. Alguns dias depois, a cobra viu o sapo novamente. Pensou em devorá-lo. Lembrou-se, porém, do dia em que brincaram juntos. Mudou de caminho, escondendo-se no mato. O sapo e a cobra nunca mais se falaram. Cada um, do seu canto, apenas pensava no dia em que haviam sido amigos.

Omokehinde se lembrava da lenda, que ela também escutara quando criança. Percebeu o que Abayomi queria dizer ao escolher aquela história. Entretanto, havia verdades que não poderiam vir à tona. Não queria dizer para a moça que ela havia se apaixonado pelo irmão. Por isso fingiu não compreender as palavras de Abayomi.

A parteira se lembrava de seu pai dizendo que amar e educar eram coisas diferentes. Quando teve que cuidar de Abayomi, essa lição lhe pareceu turva. Achava que amar e educar sempre caminhavam juntos. Naquele momento, finalmente entendeu o pai. Amar e educar eram coisas diferentes.

Em silêncio, arrumou-se e voltou à biblioteca. Ingressou sem pedir licença.

Os olhos de Omokehinde estavam apontados como canhões para Metinques. A parteira, brava, começou dizendo que Abayomi nunca mais retornaria àquele lugar. Ela descobrira que Abayomi e o filho de Lutero Benhamado haviam dado início a um relacionamento debaixo daquele teto. Aquilo estava errado. Ela confiara a Metinques a educação da menina e não a entrega dela aos Luteros. Omokehinde falou duro. Abayomi e o filho de Lutero Benhamado eram muito moços e pertenciam a mundos diversos. Aquela relação deveria acabar, determinou.

ABAYOMI E LUTERO GÊMEO
II.

Os jovens estavam apaixonados. Para controlar aquele sentimento, pouco se poderia fazer. Apesar da proibição, Abayomi e Lutero Gêmeo continuaram a se encontrar. Inventavam as horas e descobriam locais esquecidos para se ver. Despistavam.

OMOKEHINDE
III.

Omokehinde descobriu que o casal se encontrava às escondidas. Ela não permitiria aquilo.

Tentou fazer chegar uma mensagem a Laura, mas soube que ela havia deixado Ateninhas. Decidiu ir ao Solar dos Luteros contar o que estava acontecendo. Se ela própria não conseguia conter Abayomi, certamente o juiz Lutero Benhamado teria força para segurar o filho dele.

A caminho do Solar, avistou uma mulher loira caminhando lentamente pela estrada que dava na sede da fazenda. Era a mulher do juiz Lutero Benhamado. De forma pausada, a parteira se dirigiu a ela.

A mulher foi atenciosa. Parou. Omokehinde falou diretamente:

– Nossos filhos estão namorando. Isso não pode. Eles são irmãos.

OMOKEHINDE
IV.

Beatrice deixou transparecer o susto. Omokehinde contou tudo. Falou do estupro da irmã, Jumoke, obra do juiz Lutero Benhamado, marido de Beatrice. Contou da morte de Rotimi, marido de Jumoke. De como tinha criado Abayomi sem que ela soubesse quem era o pai. Narrou o encontro dos dois jovens na biblioteca de Ateninhas. Falou como tentou evitar que se relacionassem.

A loira respirou. Em seguida, agradeceu secamente, apenas acenando com a cabeça. Sem dizer nada, tomou o caminho de volta para o Solar.

Omokehinde não insistiu em ver o juiz Lutero Benhamado. Isso faria mal a ela. O recado estava dado.

Ao chegar em casa, Omokehinde encontrou Abayomi do lado de fora. Narrou, em parte, o acontecido. Disse que fora até a casa dos Luteros para contar do namoro proibido. Nada mencionou sobre o fato de Abayomi ser filha de Lutero Benhamado e Jumoke.

Abayomi se encheu de inquietação.

Cedo, junto com a chegada do sol, um criado do Solar apareceu na casa de Omokehinde. Queria falar com Abayomi. Tinha um recado de Lutero Gêmeo: ao saber do romance, a mãe o levara para o Rio de Janeiro. O empregado disse que

Lutero Gêmeo não sabia quando conseguiria retornar, mas garantiu que voltaria e pediu que fosse dito a Abayomi do amor profundo que sentia por ela.

Abayomi ouviu o recado e caiu no choro. Omokehinde, diante do relato do funcionário dos Luteros, ficou aliviada e pegou o caminho da lavoura. No fim da tarde, a parteira voltou para casa. Abayomi nem olhou para ela. Omokehinde entendeu que havia perdido a filha.

METINQUES
VIII.

Ainda não falei das libanesas. A chegada delas a Ateninhas, na época em que a Coluna Prestes cruzava o país, mudou o rumo da história dos Luteros, assim como mudam os rumos todas as chegadas. Lutero Benhamado, filho de Eva, era então um jovem cheio de energia, que ocupava o tempo correndo atrás das criadas da fazenda.

Já adianto que a vida de Beatrice, a loira que se casou com Benhamado, foi um grande desencontro. Antes de prosseguir, diga-me com sinceridade: estaria atento a esta narrativa se lhe contasse uma história feliz?

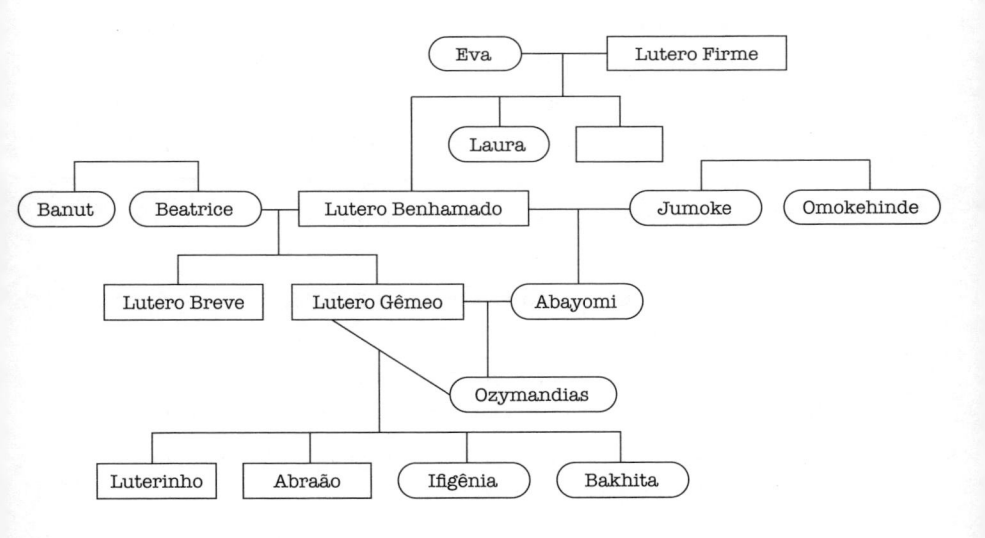

```
                    ┌─────┐     ┌──────────────┐
                    │ Eva │─────│ Lutero Firme │
                    └─────┘     └──────────────┘
                        │   ┌───────┐   │
                        │   │ Laura │   │  ┌────┐
                        │   └───────┘   │  │    │
┌───────┐ ┌──────────┐ ┌──────────────────┐ ┌────────┐ ┌────────────┐
│ Banut │ │ Beatrice │─│ Lutero Benhamado │─│ Jumoke │ │ Omokehinde │
└───────┘ └──────────┘ └──────────────────┘ └────────┘ └────────────┘
                          │               │
              ┌───────────────┐ ┌──────────────┐ ┌──────────┐
              │ Lutero Breve  │ │ Lutero Gêmeo │─│ Abayomi  │
              └───────────────┘ └──────────────┘ └──────────┘
                                       │  ┌─────────────┐
                                       │──│ Ozymandias  │
                                       │  └─────────────┘
        ┌────────────┐ ┌─────────┐ ┌──────────┐ ┌─────────┐
        │ Luterinho  │ │ Abraão  │ │ Ifigênia │ │ Bakhita │
        └────────────┘ └─────────┘ └──────────┘ └─────────┘
```

BEATRICE
I.

Banut e Beatrice eram jovens quando desembarcaram no Rio de Janeiro. O pai, que viera pobre do Líbano, tentou se estabelecer na cidade. Não teve sorte. Uma gripe levou a mãe delas. Ficou o pai, sem saber como criar duas meninas.

O pai tinha aspirações. Sonhava com um mundo melhor e mais justo. Envolveu-se em sindicatos. Ficou preso uns dias. As meninas não tinham mais ninguém. Passaram fome. Dormiram na rua. Quando deixou a cadeia, o pai decidiu que não seria mais marxista. Bem-humorado, brincava com as filhas: dizia que foi de militante a filósofo. Quando era militante, tinha certezas. Depois, ao virar filósofo, passara a ter dúvidas. Rindo, completava: para ser revolucionário, primeiro é preciso ter uma revolução.

As meninas amadureceram. O pai aspirava a uma vida calma para a família. Ao saber que um grupo de libaneses ia migrar para uma pequena cidade, no interior, o pai de Banut e Beatrice seguiu essa esperança. Sapateiro de profissão, imaginou que ali poderia abrir o próprio negócio.

Ateninhas tinha uma igreja bonita, uma biblioteca suntuosa, uma boa escola e uma comunidade de imigrantes italianos. Na praça central, a estátua de um homem barbudo e circunspecto – o Colosso de Ateninhas – dominava o local. No pedestal do monumento, lia-se: "Ou Lutero, ou nada".

Banut era a filha falante. Beatrice tinha os cabelos da cor do sol. Quando chegaram a Ateninhas, Beatrice, por conta das madeixas douradas, chamou atenção. Banut ficou incomodada.

Na Páscoa, deu-se uma festa na praça da cidade. Foi lá que Lutero Benhamado, o filho do dono dos cafezais, viu Beatrice pela primeira vez. Beatrice não era exatamente bonita. Naquele fim de tarde, no entanto, estava radiante. Lutero Benhamado, o herdeiro da cidade, decidiu que ela seria sua mulher antes mesmo de falar com ela. Quando se aproximou, percebeu que Beatrice era tímida. Gostou disso.

No dia seguinte, Lutero Firme, pai de Lutero Benhamado, foi à casa humilde do pai de Beatrice. O sapateiro, apesar da deficiência de seu português, compreendeu o motivo da visita. Depois de tantas privações, Beatrice ficou contente com a ideia de se casar com um homem rico.

Tudo aconteceu com rapidez. Beatrice logo se mudou para o Solar. Antes que se acostumasse à nova casa – e à antipatia de Eva, sua sogra –, Beatrice ficou grávida. Vieram os gêmeos. Os dois foram batizados com o mesmo nome: Lutero.

BANUT
I.

Ateninhas remetia às piores lembranças para Banut. Não via graça na vida pacata da gente simples do interior. No período em que lá viveu, sentiu sua luz se apagar. Além disso, os libaneses que migraram para a cidade foram mal recebidos. O fato de sua irmã, Beatrice, ter se tornado mulher de Lutero Benhamado não fez diferença: os libaneses eram tratados como escória. Banut explicava a si mesma o motivo do tratamento que recebeu: os homens de Ateninhas com apenas um olho, depois de sofrerem preconceito e perseguição em outras bandas por sua condição, despejavam a mesma intolerância em outros grupos minoritários. As pessoas repetem o que não elaboram.

Banut, contudo, tinha dificuldade em admitir que, com o casamento da irmã com o dono da cidade, ela deixara de ser o centro das atenções. Perder sua posição de protagonista foi o que mais a incomodou. Assim que pôde, voltou com o pai para o Rio de Janeiro. Nunca mais colocou os pés em Ateninhas. Na capital, recuperou o brilho. Casou-se com um rico banqueiro, já de idade avançada. Passou a frequentar a alta-roda. Mal sentiu quando o pai morreu.

Beatrice compareceu ao enterro do pai no Rio de Janeiro. Estava mudada. Uma figura apagada. Mal falava. Foi então que Banut soube do acidente. Um dos gêmeos, filho da irmã, brincando com a arma do pai, ferira mortalmente o outro. Banut soube que, depois da tragédia, sua irmã deixara de falar. A relação das duas era distante. Fria. Ainda assim, Banut sentiu pena da irmã vendo quanto ela sofria com a perda do filho. Um filho que Banut não tivera.

    Banut não gostava de se lembrar de Ateninhas. Limitava suas preocupações aos eventos sociais do marido. Quando ele morreu, ela enviuvou rica, morando numa bela casa em Botafogo. Continuou recebendo políticos, diplomatas e professores.

METINQUES
IX.

Decidi não contar mais os meus anos. Deixei de ver necessidade nisso. Para quê? Estou velho. Pronto.

Fui muito tempo atrás para Ateninhas com a missão de cuidar da biblioteca. Uma extraordinária coleção. Preciosidades literárias que, por motivos curiosos e inusitados, haviam chegado lá.

Testemunhei muitas coisas. Vi um Lutero encomendar na Europa uma estátua do pai para instalá-la na praça de Ateninhas. Mandou escrever no monumento: "De Lutero para Lutero". Adiante, vi esse Lutero morrer. Depois, outro Lutero. E outro. Até quando o tímido e corpulento Lutero Gêmeo, ainda jovem, foi se esconder na biblioteca, como se esta fosse um refúgio. Nessa época, assumi a educação de Abayomi.

Há tempos percebi que não gosto de gente. Aprecio apenas o conceito de gente. A convivência com a menina esperta que era Abayomi reforçou essa minha convicção. Eu não via nela uma pessoa, mas uma experiência.

Eu gostava de provocá-la com histórias inverossímeis. Uma vez disse a ela que me mudara para Ateninhas incumbido de substituir o antigo bibliotecário. Meu antecessor, contei para a menina, tinha enlouquecido e trocado os livros de lugar. Sem a devida arrumação, ninguém encontrava o que procurava. Confusão total.

– Isso deve ter sido bom – exclamou a ligeira Abayomi. – As pessoas iam encontrar livros que nem sabiam da existência. Uma sorte!

Ela dava uma risada. Eu ria em seguida.

– Um dia – falei para Abayomi em outra ocasião –, o homem vai inventar uma máquina que terá respostas para todas as perguntas.

– Essa máquina vai saber tudo? – indagou a curiosa Abayomi.

– Tudo.

– Como vai saber tudo?

– Porque os homens ensinarão a ela tudo o que sabem – expliquei, seguro.

– Senhor Metinques, e se os homens ensinarem errado? A máquina vai ensinar errado a quem consultá-la também?

Um tanto confuso, ponderei, sinalizando concordância:

– É verdade. O pior é que não vai adiantar proibir as máquinas. Se até os deuses erram, elas também vão errar.

Nossas conversas desistiam de acabar.

– Vou gostar desse mundo das máquinas – discorria Abayomi. – Ninguém vai ficar perguntando a cor de quem respondeu às perguntas. A máquina não é pobre nem é rica. Não é branca, preta ou amarela. Não tem mãe nem pai. Não tem sobrenome. Quem escreveu foi a máquina. Pronto. Assim, as pessoas vão prestar atenção no que se diz. Pobre de quem julga o livro pela capa.

– E qual será nosso papel nesse mundo dominado pelas máquinas? – eu atiçava.

– Vou ser jornalista de um jornal que antecipará os acontecimentos – respondeu Abayomi. – Imagine que coisa boa ler o jornal que diz o que acontecerá amanhã!

– Mas como isso será possível?

– Ora – explicou Abayomi –, a máquina é inteligente. Tanto que já sabe o que vai acontecer no futuro. Daí a máquina escreverá o que se dará no dia seguinte e assim todo mundo fica sabendo logo.

– Mas, afinal, quem será a jornalista? Você ou a máquina? – eu a instigava a falar mais.

– A máquina dirá o que vai acontecer, mas eu escreverei a notícia. Do meu jeito. Sem mentir.

– E o destino? – perguntei, segurando a risada.

– Senhor Metinques, as máquinas nada têm a ver com o destino. Destino é coisa do homem.

Percebi quando Abayomi e Lutero Gêmeo se apaixonaram. Amor puro.

Um dia, Omokehinde, mãe de criação de Abayomi, foi falar sério comigo. Eu tinha respeito por ela. Omokehinde fora me dizer que Abayomi deixaria os estudos na biblioteca. A menina não poderia nunca mais se encontrar com Lutero Gêmeo. Falou com raiva.

Por ser velho, eu sabia: o que existia entre os dois jovens não aceitava separação.

A família levou Lutero Gêmeo para o Rio de Janeiro. Não foi suficiente. Logo ele voltou para Ateninhas. Escondidos, os jovens se encontravam. Não demorou para Abayomi engravidar.

A mocinha me procurou suplicando ajuda. Trêmula, assustada, receava que Omokehinde lhe desse o chá-de-tirar-criança, tantas vezes servido pela parteira para outras mulheres na Vila. Ela temia a reação de Omokehinde. A parteira não deixaria a criança viver, acreditava Abayomi. Tinha dúvidas se deveria contar da gravidez para Lutero Gêmeo. Como ele reagiria?

Eu buscava coragem para proteger Abayomi. Tentei acalmá-la. Fui ter com Omokehinde na Vila. Expus o que estava acontecendo.

Omokehinde já sabia da gravidez. Seu olho experiente não falhara. A parteira me confidenciou o que já era do meu conhecimento: Abayomi era filha de sua irmã, a falecida Jumoke. Na tradição de sua gente, Jumoke, considerada mais velha por ter respirado primeiro, era herdeira de uma linhagem de reis. Como princesa, Abayomi estava destinada a se tornar rainha. Omokehinde explicou que o babalaô morrera, mas a filha dele também via o futuro. Consultada, ela profetizara: a filha de Abayomi com Lutero Gêmeo enterraria a cidade.

A vidente foi contundente: a criança não poderia viver.

METINQUES
X.

Saí desorientado do encontro com Omokehinde. Em vez de ir para a biblioteca, segui para o Solar dos Luteros. Pedi para falar com Beatrice, embora soubesse que estava muda, ou ficara muda depois da trágica morte de um dos gêmeos.

Beatrice, em tudo reservada, ia por vezes à biblioteca. Um hábito que passara ao filho, Lutero Gêmeo. Embora sem intimidade, eu sugeria leituras a ela, que agradecia com um sorriso protocolar.

Naquele fim de tarde, não houve sorriso.

Expliquei tudo sem rodeios. Abayomi estava grávida de Lutero Gêmeo. Ele ainda desconhecia o fato. Além de Abayomi, só Omokehinde, eu e, agora, ela sabíamos. O jovem casal se amava. Contei a Beatrice que a vidente da Vila previra um futuro desastroso para o rebento deles. Alertei que a parteira Omokehinde, que criara Abayomi, não deixaria a criança nascer.

– É preciso salvar essa criança inocente – implorei.

Beatrice ouviu tudo com atenção. Levantou-se. Sem nada dizer, como de hábito, deixou a varanda, onde me recebera. Pouco depois, retornou com uma pequena maleta. Saiu em direção à charrete. Eu a segui. Imaginei o que faria.

Fomos levados por um charreteiro à biblioteca. Encontramos uma desorientada Abayomi. Beatrice fixou o olhar nos

olhos de Abayomi. Viu apenas uma menina assustada. Entre lágrimas, Abayomi admitiu não saber o que fazer. Beatrice, como se fosse uma mulher de gelo, acalmou a jovem:
– Confie em mim. Venha comigo.
Compreendi então que Beatrice não ficara muda. Apenas não queria falar.
Abayomi subiu com Beatrice na charrete. Já estava escuro. Seguiram juntas. Foi a última vez que as vi.

METINQUES
XI.

Na manhã seguinte, encontrei Lutero Gêmeo na escadaria da biblioteca. Dei-lhe a notícia: Beatrice havia levado Abayomi. Nada falei da gravidez.

Lutero Gêmeo chorou na minha frente. Choro retido por anos. Seus pais viam nele o irmão que ele havia matado. O irmão que, pela imagem e pelo nome, era ele mesmo. Desconsolado, perguntava: onde está Abayomi? Lutero Gêmeo afirmou que iria atrás dela, ia encontrá-la a todo custo.

Com o rosto inchado, adormeceu na sala da biblioteca onde se enamorara de Abayomi. Na madrugada, funcionários do pai esmurraram a porta. Tinham ordens de levar o rapaz para o Solar. Atordoado, Lutero Gêmeo se despediu de mim. Durante muito tempo ficamos sem nos ver.

Pouco depois, veio a notícia de que ele havia se cegado. Enfiara um canivete nos próprios olhos. Beatrice jamais voltaria para Ateninhas. Nunca daria notícias.

Num primeiro momento, Omokehinde ficou desesperada com o sumiço de Abayomi. Buscou a ajuda de conhecidos. Comunicou o desaparecimento à polícia. Foi à biblioteca, atrás de mim. Ciente da minha proximidade com Abayomi, queria encontrar alguma pista do paradeiro da jovem. Fui franco. Por mais dura que fosse a verdade, disse que a menina tinha medo do que seria feito dela e da criança. Tomei coragem para dizer a Omokehinde que eu também temia pelo que poderiam fazer com a criança, principalmente depois do vaticínio da filha do babalaô. Segundo a profecia, aquele filho traria a destruição da cidade.

Omokehinde me respondeu de pronto:

– Se a humanidade não fosse, os deuses não seriam.

Era um provérbio iorubá, como me explicou. A parteira esclareceu que, para ela, as pessoas estavam na frente dos deuses. Jamais cogitaria cumprir uma ordem divina que negasse a vida na barriga da mãe, ainda que a predição saísse da boca do próprio Ifá. Lamentou, para mim, que Abayomi tivesse fugido pelo receio do que ela faria com a criança. Infelizmente, eu não podia ajudá-la. Não tinha ideia do rumo de Abayomi.

Omokehinde procurou Laura. Disse que era urgente. Laura saiu do Rio de Janeiro e foi para Ateninhas assim que recebeu a solicitação da amiga de infância. Quando chegou à Vila, encontrou Omokehinde acamada, com febre alta. Laura cuidou dela. Prometeu que tentaria encontrar sua filha.

Naquela época, Laura trabalhava para o governo. Durante e após a guerra, ficou responsável pela comunicação dos parentes dos integrantes da Força Expedicionária Brasileira com as autoridades italianas. Muitas famílias se desgarraram e buscavam, separadas pelo Atlântico, notícias de filhos e maridos. Laura passava os dias ouvindo histórias tristes. Sensível ao drama de perder a família, entendeu a tristeza de Omokehinde.

Depois de algum esforço, Laura localizou Beatrice no Rio de Janeiro. Numa conversa rápida e fria, a libanesa garantiu desconhecer o paradeiro de Abayomi. Laura reportou o fracasso de suas investigações a Omokehinde. Com o tempo, a parteira acabou se resignando. Quando se trata de afeto, não adianta encontrar quem não quer ser encontrado. A parteira ficaria onde sempre esteve, na Vila, aguardando a volta de Abayomi. "Um dia ela volta", conformava-se. No fundo, acredito que Omokehinde temia o vaticínio da filha do babalaô. O fruto de Abayomi com Lutero Gêmeo, se vivesse, destruiria a cidade.

Permaneci na biblioteca. Só. As pessoas deixaram de visitá-la. As estantes ficaram vazias. Ninguém reclamava que a biblioteca havia minguado. Era um prédio onde ninguém mais se interessava em entrar. Mas mantinha o nome de biblioteca mesmo depois de perder os livros.

Nome é coisa importante. Carrega um significado. O grego Plutarco, no início da Era Cristã, explicou que a deusa Ísis, por representar o princípio feminino da Natureza, manifestava-se por meio de variadas formas e figuras. Daí ter recebido diversos nomes. Todos com um significado. Até dar nome a um gato é tarefa difícil. Além do nome que damos ao bichano, há o que o domina, aquele que o adestra e, finalmente, um terceiro nome que nós, humanos, jamais compreenderemos: o nome que o gato dá a si próprio.

Numa cidade pequena, eu me tornei um desconhecido. Meu significado naquela comunidade esmaeceu. Senti o mais antigo dos medos: o medo de perder o próprio nome. Toda manhã, logo depois de acordar, dizia a mim mesmo:

– Meu nome é Metinques.

METINQUES
XII.

Os anos se passaram para todos. Lutero Benhamado morreu. Seu filho, Lutero Gêmeo, cego, raramente deixava o Solar. Uma grande onça passou a aterrorizar Ateninhas. Muitos diziam que era maldição. Surpreendentemente, uma mulher, nua, conseguira estrangular a onça. Ela foi recebida na cidade como uma santa salvadora. Casou-se com Lutero Gêmeo e ficou grávida de quadrigêmeos.

Também de forma inesperada as mulheres locais, para alegria geral, ficaram grávidas ao mesmo tempo. Em seguida, porém, todas perderam a gestação. Não nasciam mais crianças em Ateninhas. As pessoas queriam respostas. Por que não nascia mais ninguém na cidade? Ou ainda: por que só a santa tivera filhos?

As viúvas de Ateninhas, um atuante grupo de mulheres da pequena urbe, foram à biblioteca me consultar. Antes disso, por longos anos, quase ninguém colocara os pés ali.

– Senhor Metinques – disse a voluntariosa líder das viúvas –, o senhor sabe da desgraça que se abateu sobre a nossa cidade. Uma calamidade. Não nasce uma só criança há tempos. Algo muito sério aconteceu!

A líder das viúvas contou que o padre não conseguia acalmar a tristeza nem explicar o fenômeno. Daí alguém lembrou que Ateninhas possuía uma excelente coleção de livros. Certamente alguma obra científica trataria do fenômeno.

Constrangido, convidei o grupo das viúvas a testemunhar a lamentável realidade: os livros haviam desaparecido. Todos. No passado, uma seção inteira da biblioteca era dedicada à medicina. Infelizmente, não sobrara nada.

– Misteriosamente, tão misteriosamente como a ausência de partos, os livros fugiram – atestei, consternado.

Procurando ser útil, garanti que tentaria encontrar a resposta para a extraordinária morte dos fetos. Fui até a Vila. Queria ouvir Omokehinde. Falei da agonia daquelas mulheres. Omokehinde, como parteira, estava igualmente preocupada. Também na Vila não havia mais partos.

Omokehinde me instou a acompanhá-la à casa da filha do babalaô. Ela haveria de ter uma resposta. Ao nos receber, a filha do babalaô beijou Omokehinde. Explicamos o motivo da consulta. Ela respirou fundo, virou os olhos.

– Assassinaram a rainha da cidade – falou a filha do babalaô com voz grave.

O crime continuava impune. A cidade persistiria amaldiçoada enquanto o mal não fosse reparado.

RUTE
I.

Quatro crianças. Dois meninos e duas meninas. Cada um com características próprias. Sequer pareciam irmãos. Ficaria claro já nas primeiras horas depois do parto que Ozymandias não sabia ser mãe. Seus seios estavam em carne viva. Rute, a mocinha da Vila que falava como adulta, limpava as crianças, dava-lhes de comer, dormia ao lado delas. Quando choravam, o colo de Rute as acalmava. Ela não saía de perto dos quatro.

Lutero Gêmeo passava a mão pelo corpo das crianças. Dava um sorriso quando, pelo tato, certificava-se de que segurava um de seus meninos. Perguntava a Rute sobre a aparência dos filhos. Entre os meninos, havia um maior e mais peludo. Entre as meninas, uma tinha os olhos amendoados e a outra era menorzinha.

Naqueles primeiros dias, Rute perguntava a Ozymandias qual seria o nome das crianças. Lutero Gêmeo e Ozymandias, que pouco se falavam, não haviam ainda tratado disso. Rute passou a chamar cada uma por um nome, que ela mesma dera.

Por conta da crise de natalidade, assunto que dominava Ateninhas, Lutero Gêmeo decidiu adiar o batizado na matriz. A cerimônia aconteceria na capela do Solar, num evento privado, numa data que não chegava. O tempo passou sem que as crianças recebessem um nome oficial. Para todos, exceto Ozymandias e Rute, eram apenas "as crianças".

A menor, que Rute e Ozymandias chamavam de Bakhita, vivia num mundo próprio. Não aprendeu a falar. Dormia a maior parte do tempo. Tinha acessos de fúria. Mudava do choro ao riso sem motivo aparente. Era a que mais gostava de ficar abraçada com Rute, Ozymandias e a irmã.

No dia do batizado, no aniversário de três anos das crianças, Lutero Gêmeo, sem nada perguntar a Ozymandias, informou que o menino maior e mais peludo se chamaria Lutero Grande, como ele e seus antepassados. O menor, Abraão. A menina de olhos amendoados, Ifigênia, e a diferente seria batizada Míriam. Para Ozymandias e Rute isso pouco importava: as crianças já tinham seus nomes.

A LÍDER DAS VIÚVAS DE ATENINHAS
I.

– Ateninhas é assim – gostava de repetir a líder das viúvas –, a gente tira uma pedra do lugar e não sabe o que vai encontrar.

A líder das viúvas de Ateninhas vivia em sobressaltos. Adorava uma novidade. Alimentava-se de futricas e mal-entendidos. Inventava preocupações e alarmes. Era o meio de se manter na berlinda.

A partir da perda da gravidez das mulheres da cidade, a líder das viúvas iniciou uma cruzada contra a santa. Inicialmente, de forma sutil, sugeriu algo de suspeito em relação à presença da santa. Ao verificar que sua insinuação ganhava eco, partiu para a denúncia: a santa não era coisa de Deus. Ateninhas estava sendo enganada por obra do Coisa-Ruim, garantia. O fato de que não nascera uma só criança na região desde que a mulher de Lutero Gêmeo aparecera provava que a recém-chegada não tinha fé no coração. As demais viúvas engrossaram o coro.

As viúvas se reuniam quase todos os dias à porta da matriz, pouco antes da missa das nove da manhã. Os maridos partiram para a guerra sem jamais voltar. Em todas as primeiras quartas-feiras do mês, sem exceção, as viúvas organizavam uma solenidade ao lado do monumento dos Bravos de Ateninhas, um obelisco de pedra na principal praça da cidade. Nele, estavam gravados os nomes dos heróis conterrâneos, defensores do Brasil na Itália.

O padre, participante assíduo desses encontros, gostava de repetir para elas a história dos homens de Ateninhas com apenas um olho. Ele contava que aqueles foram os verdadeiros fundadores da cidade. Tudo começara com um grupo de famílias que se casou entre si. Elas carregavam uma particular herança genética, uma anomalia que, curiosamente, afetava apenas os indivíduos do sexo masculino: nasciam com um dos olhos fechado. Não eram cegos, porém a pálpebra de um dos olhos não levantava. Ficavam, assim, com apenas um olho. Havia muito tempo essa pequena comunidade, ligada pelo sangue e por essa peculiar característica, cansada de sofrer preconceito migrara para uma senda, perto de um açude, em local cercado de pequenos montes por todos os lados. Construíram ali uma capela dedicada a Santa Lúcia e passaram a viver em paz. Esse vilarejo ganhou o nome de Ateninhas, a pequena Atenas. O açude e as terras férteis atraíram outros habitantes. Os homens com apenas um olho nunca foram maioria, mas representavam parte importante e respeitada da comunidade.

As viúvas sabiam que aquela era apenas uma das versões da fundação da cidade. Sabiam também que o padre, por vezes, soltava outra história. Isso não as incomodava. Elas gostavam de ouvir repetidas vezes que seus antepassados eram os verdadeiros desbravadores de Ateninhas, pouco importando se era verdade.

Anos mais tarde, quando um grupo de libaneses tentou se estabelecer em Ateninhas, os homens de um só olho tomaram partido contra. Resistiram àquela migração. Por ignorância, chamavam os imigrantes de turcos. Dificultavam o ingresso dos filhos dos recém-chegados no colégio, boicotavam o seu comércio, faziam de tudo para não integrar os estrangeiros. Referiam-se a eles como infiéis, comedores de crianças. Os homens de um só olho promoveram atos públicos, com a chancela do padre, em protesto contra a presença dos libaneses na cidade. Chegaram a formar uma sociedade secreta, ou melhor, que se autodenominava secreta, já que todos a conheciam, chamada "Os Olhos de Carlos Martel". Essa agremiação elegeu como propósito evitar a entrada de imigrantes em Ateninhas, tomando como exemplo o líder e guerreiro franco, que, mais de mil anos antes, repelira a investida muçulmana no solo francês.

A campanha de difamação funcionou. Passado um par de anos, todos os libaneses desistiram de Ateninhas. Foram-se. Em seguida, no embalo do sucesso, os homens de um só olho lideraram outra campanha, difamando os italianos e seus descendentes. Dessa vez, o tema foi tratado com alguma discrição, pois Lutero Benhamado era filho de italiana. Mais uma vez, ainda que sutilmente, falava-se qualquer coisa para aviltá-los. "Os Olhos de Carlos Martel" eram implacáveis. Muitos italianos deixaram a cidade.

Pouco depois, veio a guerra. Os homens com somente um olho, por conta desse movimento xenofóbico que lideraram, estavam convencidos de seu dever de lutar pelo Brasil. Alistaram-se em massa. Fariam parte do Esquadrão de Reconhecimento. Formaram um batalhão apenas de homens com um olho só, todos nascidos em Ateninhas, sob o lema "Dulce et Ducorum Est", uma referência ao verso do poeta romano Horácio que enaltecia como doce e apropriada a morte pela pátria. A divisa, como adiante se verificou, revelou-se uma maldição.

As mulheres dos homens de um olho só vestiram as melhores roupas na despedida do batalhão. A banda local, que se apresentou nesse dia, nunca mais voltaria a se apresentar.

Menos de um ano depois, num domingo ensolarado, as mulheres dos soldados que haviam partido receberam cartas-padrão do Exército, comunicando a morte de seus maridos. Não havia nenhuma outra informação, além da que receberiam uma pensão vitalícia. Um grupo dessas mulheres se organizou para ir ao Rio de Janeiro, atrás de mais detalhes. Foram horas de espera na antessala de militares do terceiro escalão. Não se sabia muito. Ninguém tinha ideia de onde estavam os corpos. Os homens de um olho só desapareceram nas brumas da guerra.

As viúvas se uniram. Tornaram-se uma força política em Ateninhas.

Para elas, o fato era objetivo: desde que a mulher de Lutero Gêmeo aparecera na cidade, ali não nasciam crianças. Ademais, o aspecto dela era desproporcional: uma mulher maior que quase todos os homens da cidade. Para o bem de todos, garantiam as viúvas, a santa deveria deixar Ateninhas.

RUTE
II.

Na Vila também nenhuma mulher engravidava. Omokehinde contou a Rute o que ouvira da filha do babalaô: era preciso descobrir quem matara a rainha da cidade. Enquanto esse crime estivesse sem punição, não haveria partos. Era maldição, todos concordavam.

Para Rute, Omokehinde era a rainha da cidade. Contudo, ela não estava morta. Se a filha do babalaô disse que mataram a rainha era porque havia outra, concluiu Rute. A verdadeira. Outra, não Omokehinde. A verdadeira rainha fora assassinada.

Rute perguntou a Omokehinde quem era a rainha. A parteira falou com orgulho de sua linhagem. Contou que Abayomi, ainda pequena, fora consagrada rainha.

Rute sabia que Abayomi havia ido embora, quase duas décadas antes, levada pela mulher de cabelos amarelos, mãe de Lutero Gêmeo. Pelo que revelara a filha do babalaô, alguém havia matado Abayomi. Eis o crime que persistia sem castigo. Era necessário punir seu assassino.

Rute foi surpreendida com um pedido de Omokehinde. A parteira sabia que ela se tornara a cuidadora dos filhos do juiz Lutero Gêmeo. Como Abayomi se fora de Ateninhas com a mãe de Lutero Gêmeo, alguém no Solar, acreditava Omokehinde, poderia ter notícia delas. Omokehinde tinha apenas informações vagas. Soube por Laura que Beatrice se estabelecera no Rio de Janeiro e que Beatrice desconhecia o paradeiro de Abayomi. Rute precisava ajudá-la a descobrir um endereço. Saber o destino de Abayomi salvaria a Vila, salvaria Ateninhas.

Rute compreendeu a importância da missão. Pediu socorro a Ozymandias. Contou tudo. Falou, mais uma vez, do antigo romance entre Lutero Gêmeo e Abayomi e da fuga dela, muito tempo atrás, levada pela mãe de Lutero Gêmeo. Justificou a relevância de se descobrir o que acontecera com Abayomi, a filha de Omokehinde.

Ozymandias escutou com atenção. Convenceu-se de que era preciso encontrar o assassino de Abayomi para quebrar a maldição que recaía sobre a cidade. Do seu jeito, com poucas palavras, garantiu que faria o que estivesse a seu alcance para encontrar a filha de Omokehinde.

OZYMANDIAS
XIII.

Ozymandias queria ajudar Rute. Queria também ajudar Omokehinde. Ela sabia que muitos atribuíam à sua presença os acontecimentos funestos que haviam tomado Ateninhas. Portanto, faria o que pudesse para elucidar o mistério do paradeiro de Abayomi. Apenas não sabia o que fazer, muito menos por onde começar.

    Pensou em falar com Laura. Logo desistiu. Apesar de receptiva, Laura já não tinha energia. Restava Lutero Gêmeo. Por mais penoso que fosse, pois não suportava a presença dele, decidiu levar o tema ao marido.

LUTERO GÊMEO
II.

Ozymandias bateu no quarto de Lutero Gêmeo. Ela nunca havia feito isso. Não retornara ao quarto dele desde o dia em que chegara ao Solar e sofrera a violência. Sucinta, relatou o que ouvira de Rute. Contou da maldição revelada pela filha do babalaô. Falou da necessidade de encontrar Abayomi.

Lutero Gêmeo ouviu calado. Franziu a testa. Depois de certo tempo, respondeu, abalado:

– Elas fugiram sem dizer adeus. Foram embora. Nunca voltaram. O motivo não importa. Se para encerrar essa danação for preciso encontrar quem fugiu, antes não nasça nunca mais uma criança no mundo. Não quero saber delas.

Lutero Gêmeo pediu secamente a Ozymandias que jamais tocasse no assunto de novo com ele. Fim da conversa.

Lutero Gêmeo se lembrava do pai contando como conhecera Beatrice, sua mãe, com quem viria a se casar.

– Ela estava linda naquela noite. Talvez tenha sido o único momento em toda a vida em que esteve linda – dizia Lutero Benhamado, acrescentando que decidira casar-se com Beatrice assim que a viu.

Ele confidenciava ainda ao filho que nunca mais a vira daquela forma.

– O fato de ter sido breve não quer dizer que não tenha acontecido – comentava com ironia.

Depois que Beatrice foi embora, restaram no Solar pai e filho. Laura morava no Rio de Janeiro. O pai de Lutero Gêmeo costumava repetir para o filho que, no começo do casamento, buscava encontrar a mulher daquele fim de tarde em que a vira pela primeira vez. Não conseguia. Encontrava aquela mulher apenas na memória. Acabou desistindo de procurar a bela mulher em Beatrice e passou a duvidar da memória. Duvidar da memória é um risco. Nada mais é certo.

A fuga de Beatrice de Ateninhas pouco alterou a vida de Lutero Benhamado.

O pai nunca indagou ao filho por que vazara os olhos. Jamais o tratou como cego. Era como se a cegueira não estivesse ali. A preocupação dele se concentrava no legado dos Luteros, na continuidade da dinastia, na fazenda, nas terras, no controle político sobre Ateninhas. Lutero Gêmeo respeitava sua obstinação.

Lutero Gêmeo ouvia o pai, cheio de orgulho, falar dos antepassados. Com frequência, dizia que os Luteros fugiram da Alemanha séculos antes, após terem liderado a Revolta dos Camponeses. Vieram para o Novo Mundo e, depois de idas e vindas, se estabeleceram naquela região. Lutero Gêmeo sempre achou aquela narrativa fantasiosa, assim como sempre duvidava da história que lhe contavam sobre a origem das coisas. Para ele, saber a verdadeira origem das coisas era privilégio de Deus.

Os Luteros, explicava Lutero Benhamado ao filho, fizeram de Ateninhas um centro de estudo e conhecimento.

Investiram na construção da biblioteca e acumularam livros. Como dinheiro não era problema, pois a venda de café rendia muito, os Luteros, sobretudo Lutero Luzente, contrataram especialistas, enviados à Europa para adquirir raridades literárias. Conseguiram salvar parte da biblioteca de Dom João V, supostamente destruída no incêndio de Lisboa. Levaram essa coleção para Ateninhas.

O bispo de Algarve, Dom Jerónimo Osório, deslocou a Sé da cidade de Silves, no interior de Portugal, para perto da costa. Osório se notabilizou pela cultura e por sua coleção de pergaminhos. O conde de Essex, que passou pela região na época, decidiu pilhar os livros do bispo, levando-os para a Inglaterra. Ofereceu o butim ao nobre Thomas Bodley, fundador da biblioteca da Universidade de Oxford. Por obra da fortuna, prosseguia o pai de Lutero, a fração mais preciosa daquela pilhagem fora levada para Ateninhas. Isso porque, entre os emissários do conde de Essex, havia um português esperto, mais preocupado em encher os bolsos do que ser fiel ao seu patrão. Esse serviçal conseguiu desviar parte da preciosa mercadoria para o Novo Mundo, ou, mais especificamente, para a biblioteca de Ateninhas.

Anos depois, quando os franceses invadiram Portugal durante as guerras napoleônicas, saquearam a biblioteca do Mosteiro de Alcobaça. Os enviados de Lutero Luzente se apoderaram do roubo e levaram o acervo para Ateninhas. Após narrar em detalhes esses e outros feitos de seus ancestrais, o pai de Lutero Gêmeo terminava a peroração dizendo, com um discreto riso na face:

– Não devemos nos gabar demais. Apenas as igrejas têm sinos.

Se alguém falava para o pai de Lutero Gêmeo sobre justiça, ele citava as Moiras, divindades gregas responsáveis por traçar nossos destinos. Elas eram cegas. Para ele, o destino é que deveria se preocupar com justiça, não ele.

Quando a mulher, Beatrice, foi embora, o pai de Lutero Gêmeo não demonstrou sinal de tristeza. Quando o filho se cegou, o pai o ajudou como se fosse um acidente corriqueiro, como um pequeno corte na mão ou uma unha encravada. Nunca mais mencionou a morte do filho gêmeo, o outro Lutero, Lutero Breve.

Lutero Gêmeo sempre pensou que o perigo do pai estava nessa indiferença.

– Quando jovem – o pai certo dia revelou ao filho –, me aborrecia facilmente. Logo ficava irado com um sem-fim de coisas. Berrava. Meu coração disparava. A irritação, contudo, passava rápido. Agora que estou velho, fiquei tolerante. Quase nada me tira do sério. Porém, se hoje me irrito, o que raramente acontece, essa irritação não passa. O tema me consome. Fico pensando no que é melhor: minha ira constante e rasa da juventude ou essa irritação rara e profunda da velhice.

O pai de Lutero Gêmeo adoeceu. Não ficava bom. Piorava. Emagrecia a cada dia. Recebeu a extrema-unção e chamou o filho:

– Já é hora de irmos. Eu para a morte e você para a vida. Quem terá melhor sorte é desconhecido, exceto para Deus.

Não desista. Todo o esforço dos Luteros foi feito para que você hoje esteja aqui.

Quando Lutero Benhamado morreu, já estava escolhido o epitáfio: "Pode não ter sido um grande homem, mas foi um grande líder". O povo de Ateninhas compareceu em peso ao enterro. Na fila de cumprimentos, pelo menos uma meia dúzia de pessoas se apresentou a Lutero Gêmeo como filho de seu pai. Não foi surpresa.

Não havia políticos, como Lutero Gêmeo presenciara no sepultamento do avô, Lutero Firme. Coube a ele fazer um discurso curto, enaltecendo o compromisso do pai com a cidade. Honrando uma tradição cuja origem desconhecia, mandou sacrificar o melhor boi da fazenda em homenagem ao pai. Lutero Gêmeo lembrava-se que o mesmo fora feito na morte do avô, que realizara o mesmo por seus antepassados. A imolação do boi expiava a culpa do morto.

Circulava em Ateninhas e na Vila o boato de que Lutero Benhamado havia se matado. Boato maldoso, espalhado pela gente que não gostava do falecido e que, quando podia, o chamava de Demonhão. Assim os vivos se vingam dos mortos: contando histórias que os mortos já não podem desmentir. Lutero Benhamado não se matou. Mentira. Morreu na hora dele.

Lutero Gêmeo não sofreu com o óbito do pai. Ele já havia experimentado sofrimento. Teve um sentimento singular na vida, mais poderoso do que qualquer outro, quando Abayomi o abandonou.

De início, após a fuga da mãe com Abayomi, Lutero Gêmeo teve fé de que em breve as duas voltariam. Talvez no dia seguinte ou em uma semana, no máximo. Não voltaram. Lutero Gêmeo não parava de chorar. Não sabia como lidar com a perda. Culpava o Criador, que não dera som às lágrimas que escorriam livremente. A sua dor era silenciosa e, por causa do silêncio, crescia. "Se as lágrimas fizessem barulho", pensava, "alguém notaria meu sofrimento. Elas voltariam para me amparar." Arrancar os olhos foi a solução que encontrou. A solução daquela hora em que não conseguia ver nada. Assim, deixaria de enxergar no espelho a imagem do irmão que matara.

Nunca mais pensou no motivo de ter furado os próprios olhos. Nunca mais pensou nisso para não se arrepender. Por vezes, durante o sono, a memória de Abayomi vinha perturbá-lo. Lutero Gêmeo tentava afugentar esses pensamentos. Ele se transformou no medo de amar. Ao se cegar, quis garantir que nunca mais encontraria Abayomi.

Anos se passaram até o dia em que Ozymandias entrou no quarto de Lutero Gêmeo pela primeira vez, levada pelo padre. Lutero Gêmeo bebera na véspera, como bebia às vezes. Ele não saberia explicar por que pedira ao padre que o deixasse sozinho com a moça. Quando encostou naquele corpo quente, percebeu o arrepio da mulher musculosa e grande. Gostou do cheiro. Sentiu um desejo que considerava morto. Em tudo o mais, respondeu ao instinto.

    Lutero Gêmeo não avançava na criadagem como o pai dele. Ao contrário. Queria ser diferente do pai. Naquele dia, quando Ozymandias entrou em seu quarto, aconteceu algo inusitado. Ele não sabia explicar o porquê. Não se orgulhava do que fizera. Preferia afastar-se desse pensamento, que o condenava. Em seguida, a gravidez. Filhos. Uma nova e inesperada oportunidade. Uma santa em sua vida. Ele não seria o último dos Luteros.

O pedido de Ozymandias de investigar o paradeiro da mãe dele e de Abayomi viera tarde. Abayomi havia ido sem se despedir. Ela o abandonara. A mãe fizera o mesmo. Lutero Gêmeo se cegou para não ver. Melhor ficar no escuro. Não haveria resposta para um amor tão curto e uma vida tão longa.

LUTERO GÊMEO
III.

O padre e a líder das viúvas de Ateninhas foram ter com Lutero Gêmeo. Relataram a situação alarmante: desde a chegada da santa, não acontecera mais nenhum parto na cidade. Os únicos meninos nascidos desde então eram os filhos de Lutero Gêmeo.

– "Coisa coisa triste triste" – lamentou o padre, citando passagem conhecida de Guimarães de Guimarães, o bardo de Ateninhas.

Casais jovens deixavam a cidade. Os mais velhos, aflitos com a maldição, quando conseguiam também emigravam. Um êxodo.

Enquanto o pároco se mantinha comedido nas declarações que dava, a líder das viúvas expunha suas razões sem constrangimento. Para ela não havia dúvida: a mulher de Lutero Gêmeo precisava ir embora. Chegou a sugerir que Lutero Gêmeo a mandasse para fora do país, ao menos por um período.

Lutero Gêmeo apenas ouviu.

Naquele mesmo dia, o padre retornou ao Solar. Cheio de dedos, dizendo-se profundamente preocupado com os acontecimentos, reforçou que seria prudente, para evitar uma revolta ou algo pior, que a santa deixasse Ateninhas o quanto antes. Lutero Gêmeo compreendeu a gravidade política daquele fato.

Diante das circunstâncias, talvez fosse conveniente, afinal, saber de Abayomi. Se a maldição referida por Ozymandias existia, era urgente encontrar Abayomi.

LUTERO GÊMEO
IV.

Lutero Gêmeo levou o tema para a velha tia. Só então Laura, com estudada delicadeza, revelou ao sobrinho que se encontrara uma vez com Beatrice, depois da fuga, no Rio de Janeiro. Fizera isso a pedido de Omokehinde, que ansiava por notícias da filha. Laura relatou que sua busca havia sido infrutífera, pois Beatrice jurara não saber o paradeiro de Abayomi.

– Pobrezinha da Beatrice – disse Laura em tom de lamento ao sobrinho. – Ela estava irreconhecível. O cabelo loiro de sua mãe, madeixas que pareciam fios de ouro, tornou-se branco e ralo. Beatrice perdeu qualquer vaidade. Ela parecia amarga. Foi uma conversa breve. Poucas palavras. Ela nem sequer me olhou nos olhos.

De toda forma, Laura guardara o endereço de Beatrice. Lutero Gêmeo, com o coração apertado, enviou um empregado atrás da mãe. Dias depois, soube do falecimento de Beatrice.

A notícia da morte da mãe não foi recebida com indiferença por Lutero Gêmeo. Ao contrário, despertou um turbilhão de memórias. Lembranças que não sabia onde haviam ficado guardadas. Essas reminiscências invariavelmente alcançavam o tiro que ele tinha dado no irmão. Havia também recordações doces da mãe, abraçando-o com ternura quando ele era pequeno.

Lutero não dividiu sua dor com ninguém. Pensou, como uma forma de alento, que um cego deveria suportar melhor a solidão, uma vez que vivia no escuro. Por outro lado, lastimava a visão assustadoramente nítida, formada em sua mente, da mãe que o abandonara. Naquele momento, a cegueira o impediu de olhar para qualquer coisa que afastasse a imagem da mãe de sua cabeça.

Angustiado, dirigiu-se à biblioteca. Não ia lá desde o dia da partida de Beatrice e Abayomi. O que um cego faria numa biblioteca? Metinques não demonstrou surpresa quando abriu a porta e se deparou com aquele homem enorme.

– É uma alegria recebê-lo.

– A situação poderia ser melhor – respondeu asperamente Lutero Gêmeo. – Preciso de sua ajuda.

– Ficarei feliz em ajudar. Por favor, entre.

– Preciso de sua honestidade.

– Minha honestidade não é favor.

– Sabe para onde minha mãe levou Abayomi?

– Não tenho ideia.

– Sabe como encontrá-la?

– Não. Mas começaria a busca pelo Rio de Janeiro, para onde foram Banut, a irmã de sua mãe, e o pai delas, o libanês seu avô.

– Sei que minha mãe foi para o Rio. Mas ela está morta. Queria saber para onde levou Abayomi. Minha mãe não lhe disse nada? Abayomi não disse nada?

– Nada – respondeu Metinques.

Lutero Gêmeo segurou a bengala. Levantou-se. Gritou o

nome do empregado que o aguardava do lado de fora da sala. Antes de partir, contudo, revelou a Metinques:

– Minha mulher tem que partir de Ateninhas. Só quero que deixe os meninos comigo.

OMOKEHINDE
V.

Quando proibiram a escravidão, todos no quilombo celebraram por três dias. Logo, começaram a aparecer outros libertos. Vinham de toda parte. Eles haviam sido dispensados por seus senhores e não tinham para onde ir.

Omokehinde ouvira essa história quando criança e a repetia às meninas da Vila. A história não parava aí. Era importante saber o que fazer com a liberdade. A parteira explicava para as mais novas: a liberdade precisa de horizonte, a liberdade precisa de comida, a liberdade precisa de amor.

– Liberdade não é um fim, é um meio – dizia.

Pouco depois, prosseguia a parteira, chegaram os italianos para trabalhar na lavoura. Deram a eles, que não possuíam raízes aqui, melhores condições de vida. Novas lutas. Muitos deixaram a Vila para jamais voltar. Outros mais apareceram. Famílias inteiras, vindas do Norte do país, despejadas da caçamba de um caminhão, surgiam, de repente, para engrossar a lavoura. Não tinham uma história com a terra. Não com aquela terra. Omokehinde terminava o relato abatida, lamentando, para quem a escutava:

– Viramos estranhos em nossa própria casa.

Omokehinde se preocupava com a história de seus antepassados. Achava importante compartilhar sua origem. Por isso falava com orgulho dos pais e dos avós, principalmente da difícil trajetória deles até ali. Temia que as meninas da Vila perdessem a essência.

Sem desapegar do passado, sonhava com um amanhã melhor. Fez questão de que Abayomi estudasse. Ficou grata ao bibliotecário, que acolheu sua filha e ensinou-a a ler. Em algumas ocasiões, visitou a biblioteca para saber de Metinques se sua menina se comportava bem. Num desses encontros, Omokehinde revelou receio acerca do futuro da Vila. Mais do que tudo, a parteira temia a perda da identidade daquele local.

Na ocasião, Metinques sacou da estante um livro antigo, escrito numa língua morta. Seu autor, explicou o velho bibliotecário, chamava-se Tácito. Um historiador que viveu dois mil anos atrás. Numa passagem da obra, Tácito narra que um certo território, que hoje chamamos de Inglaterra, foi dominado pelos romanos. A elite local, composta pelo povo bretão, passou então a se vestir com togas, adotou o latim, copiou a arquitetura e os costumes de Roma. Em suma, os bretões, a partir da invasão romana, se comportaram como se fossem os próprios colonizadores. Tácito concluiu: aquela gente chamava de civilização o que, na verdade, era a escravidão.

Omokehinde com frequência se lembrava daquela conversa.

Omokehinde envelhecera. Ninguém sabia ao certo sua idade. Era a única de cabelos completamente brancos na Vila. Por muito tempo, manteve a sabedoria enigmática da serenidade espiritual. Em momentos de profunda aflição dos partos difíceis, com hemorragia da mãe, asfixia da criança, ruptura do útero, entre outras complicações, mantinha-se calma e compenetrada. Com os anos, todavia, ficara obcecada em descobrir o que sucedera com Abayomi. Essa angústia arrancou-lhe a placidez. Já se haviam passado duas décadas desde que a jovem fugira de Ateninhas. Achar Abayomi não era tarefa simples. Omokehinde não possuía retrato da filha. A imagem dela se mantinha precisa em sua memória. Apenas lá.

Omokehinde pedia ajuda a todos. Queria, ela própria, tentar encontrar a filha. Mesmo idosa, foi ao Rio de Janeiro. A parteira nunca havia deixado os arredores de Ateninhas. Laura cuidou de tudo. Cobriu os custos. Arrumou até advogado. Omokehinde, acompanhada por uma afilhada, passou cinco dias na cidade grande. Visitou cemitérios e hospitais. Tudo o que tinha para apresentar era o nome e a data de nascimento de Abayomi.

Omokehinde foi também à polícia. Fazia muito calor. As delegacias estavam agitadas. Pelo que explicaram, o Congresso havia sido fechado por ato do presidente Costa e Silva. A polícia prendia os opositores do regime.

Numa delegacia, com a boa vontade do oficial, Omokehinde soube da história de uma bandida, presa algumas vezes, identificada como Negrinha de Ateninhas, com o tipo físico de Abayomi. Se fosse mesmo ela, a menina esperta se tornara uma marginal, assaltante, membro de gangue. Segundo o oficial, havia muito não se ouvia falar da delinquente. Munida dessa informação, Omokehinde voltou para a roça de Ateninhas, com a esperança renovada de descobrir o paradeiro da filha.

Um afilhado de Omokehinde que deixara a Vila para seguir a carreira militar prontificou-se a auxiliá-la. Descobriu mais: o bando de Abayomi fora dizimado havia anos perto de Ateninhas, na ribanceira do rio, em circunstâncias não plenamente esclarecidas. Eles se preparavam para roubar um carro quando a vítima reagiu. Um homem forte, beneficiado pela escuridão, matara os bandidos, inclusive Abayomi. Não encontraram o corpo de ninguém. Só um membro do bando conseguira fugir. Esse coitado estava no presídio de uma cidade vizinha.

O afilhado, que ascendera como militar, levou Omokehinde para visitar o bandido, conhecido como Juhayman. Ao preso, a idosa descreveu sua filha em detalhes. Mencionou até a forma graciosa de andar de Abayomi. O detento confirmou: era a mesma pessoa. Eles integravam uma quadrilha que roubava para gastar tudo em álcool e morfina.

O homem repetiu a história: estava escuro. Abayomi garantia conhecer bem a região do rio Escamandro. Fizeram uma barricada na estrada, num lugar ermo. Ficaram esperando alguém passar. O bando, lembrou o detento, estava preocupado com a onça que atacava naquela área, a temida Fera de Ateninhas. Quando apareceu um carro, ficaram surpresos. Um carrão. Coisa de gente rica. Depois, foi tudo rápido e, como não se via nada, o preso não conseguiu saber exatamente o que aconteceu. Um homem grande saiu do carro e conseguiu pegar a arma. Então atirou furiosamente em todo mundo, menos nele, que, protegido pela escuridão, escapou sem ser visto pulando na ribanceira. O tiro em Abayomi fora fatal. Tiro na cabeça.

Omokehinde insistiu: o preso tinha certeza de que Abayomi fora morta pelo tiro? O homem confirmou e confirmou.

METINQUES
XIII.

Eu não soube do destino de Abayomi depois que ela deixou a cidade. Imaginei que Beatrice, mãe de Lutero Gêmeo, tivesse ido para o Rio de Janeiro.
    Não vou mentir para você: eu tinha curiosidade de encontrar Abayomi adulta. Sinto saudades dela.
    ...Isso me faz lembrar de uma redondilha menor pouco citada de Guimarães de Guimarães: *"Como conhecer / Se não me conheço?"*

A gente de Ateninhas repetia os poemas de Guimarães de Guimarães. Virou uma forma de demonstrar orgulho da pequena cidade. Mas, aqui entre nós, não o considero um grande poeta. Para ser franco, nada havia de original em sua obra. Pior, por vezes ele se apropriava, sem pudor, de versos e ideias alheias. Tudo somado e tudo diminuído, Guimarães de Guimarães nasceu em Ateninhas – isso bastava e o redimia. Quando se tem pouco, o pouco é muito.

BEATRICE
II.

– Padre.

– Pois não, minha filha.

– Quero me confessar – disse pausadamente Beatrice, já sem nenhum fio dourado nos cabelos, naquele momento, eram todos ralos e brancos.

– Filha, Deus está sempre aberto para a confissão.

– Não tenho essa certeza.

– Pois tenha. A bondade de Deus está sempre presente.

– Preciso confessar: odeio minha irmã.

– Como assim? – indagou o padre de voz maviosa. – Irmãos são um presente da vida.

– Não a minha irmã. O nome dela é Banut. Uma invejosa. Sempre me desprezou por inveja. Fingia para o nosso pai que tinha algum sentimento por mim, mas pensava apenas nela própria. Para ela, eu era uma tola.

– O invejoso vê o que a inveja lhe confirma – interveio o padre.

– Quando jovens, fomos com meu pai e um grupo do Líbano, nossa terra, morar numa cidade pequena. Um lugar esquecido, isolado, onde o tempo não passa. Ateninhas. Padre, o senhor conhece Ateninhas?

– Não, minha filha, nunca ouvi falar. Fica no interior do estado?

Beatrice não respondeu. Prosseguiu com a confissão:
– Banut e eu odiávamos viver lá. Meu pai tinha ideias ultrapassadas e achava que ali seria livre. Uma ova. Fora a gentalha local, tacanha e provinciana, havia o filho do fazendeiro, que chamavam de juiz. Aonde íamos os moços se interessavam pela minha irmã, falante e cheia de sorrisos. Eu era a calada; ela, a divertida. Mas a vida deu um coice nela. O filho do fazendeiro, Lutero Benhamado, gostou de mim. Quis casar comigo. Fiquei feliz porque aquilo deve ter enfurecido minha irmã. Fui a escolhida. Não ela.

Beatrice pausou a narrativa. Parecia saborear sua conclusão. Ela se sentiu bem em falar, depois de aprisionar pensamentos por tantos anos.

Retomou.

– A vida na fazenda era monótona, mas não faltava nada. Eu tinha uma sogra italiana que só me maltratava. Eu suportava. Passei fome na infância e dou valor às coisas. Logo fiquei grávida. Gêmeos. Meninos. Iguais. Quando nasceram, mandei tirar um retrato só para enviar à minha irmã, que se mudou para cá, Rio de Janeiro. Ela não tinha filhos, nunca teve. Casou-se com um homem rico, mas não teve filhos. Dizia que Deus não dava filhos a casais que se amavam. Mentira. Pura inveja.

Outra pausa. Beatrice sentia prazer em mencionar que a irmã não tivera filhos.

– Nunca fui apaixonada pelo meu marido, mas tinha uma vida confortável. Não foi o que quis, mas não era o que não quis. Ele vivia metido com as criadas, mas não me preocupava com isso. Então ocorreu a desgraça. Brincando com a arma do meu marido, um filho meu atirou no outro. Perdi meu menino. Ouvi a gritaria e saí correndo. Encontrei o meu filho desfalecido, sangrando, e o outro paralisado, pálido, com a arma no chão. Um revólver enorme. Soltei um berro. Dei um tapa com força no rosto do menino vivo. Agarrei o corpo do outro no chão. Um furo no peito, de onde já havia saído muito sangue. Corri para a cocheira. Precisava levá-lo ao hospital da cidade. Não era um grande hospital, mas tinha médico. O charreteiro partiu em disparada. No meio do caminho, vendo a condição do meu filho, ele disse que era melhor seguir para a igreja. Melhor que ir ao hospital. Não respondi. Apenas agarrei meu filho e comecei a rezar. Se meu filho morrer, jurei a mim mesma, nunca mais vou falar com Deus. Nunca mais vou falar.

A pausa de Beatrice dessa vez teve outro sabor. O vigário permanecia ouvindo.

– Entrei na igreja carregando meu filho no colo. Pedi ajuda ao padre. Pedi que ele rezasse. Implorei pela interferência de Deus. Mas aquele padre era um canalha. Havia expulsado meu pai da cidade. Não gostava de mim. Um pusilânime. Não rezou com sinceridade. Eu ainda pedia a Deus que salvasse meu filho quando chegaram os capangas do meu marido. Tinham ordens de me levar para casa. Eu estava rezando. Gritei que ainda não estava pronta para ir. Perguntei a eles se não conheciam o Evangelho. Responderam com outra pergunta. Quiseram saber se eu não conhecia as regras da casa. Berrei. Berrei. Mas eu era uma mulher. O padre nada fez. Me levaram.

Outra pausa.

– No dia em que enterrei meu filho, apenas pensava: onde está Deus? Mesmo que não exista, onde está?

Pausa.

– Como Deus pode consentir com a morte de uma criança inocente? – indagou Beatrice. – Deus, para mim, é um tirano.

Silêncio.

O padre tentou confortar Beatrice:

– Minha filha, somos pequenos para compreender plenamente os desígnios de Deus. Lamento a perda de seu filho, mas há algo superior a tudo isso. Tenha fé. Ela não exige conhecimento ou certeza. Ela se basta.

– Padre – interrompeu rispidamente Beatrice –, minha confissão não terminou. Com a morte do meu filho deixei de ter prazer na vida. Não suportava meu marido. Não conseguia sequer amar o filho que ficou. Nunca o perdoei.

Pausa.

– Decidi não falar mais – prosseguiu Beatrice. – Nem com Deus nem com ninguém.

Nova pausa. Beatrice, em silêncio, se deu conta de que havia muito não falava tanto. Falar nunca fora um prazer para ela. Continuou:

– Algum tempo depois da morte de meu filho, tive que vir ao Rio. Fiquei um período internada em um hospital. Minha irmã foi me visitar, dissimulando afeto. Não sei como soube que eu estava internada. Ela apareceu toda perfumada, contando da sua visita à Europa. Não abri a boca. Nem sorri. Há pessoas que dizem sim e as que dizem não. Eu digo não. A vida fica mais fácil. Não e acabou. Dessa forma, controlo o que posso. Minha irmã era o oposto. Era sim para tudo. Uma perdida.

Nova interrupção.

– Meu filho cresceu. Nunca pedi desculpas pelo tapa que lhe dei. Nunca falamos sobre a morte do irmão. Nunca falei. A verdade é que não sabia mais olhar para ele sem culpá-lo. O tempo passou. Numa tarde, uma velha da Vila veio me contar que meu filho estava enrabichado com uma filha bastarda do meu marido. Uma aberração. Aquela velha veio como Lilith. Para me amaldiçoar, falou o nome de Deus. Era a vingança dela. Sei o que é certo e o que é errado. Aquilo, dois irmãos namorando, era errado. Mandei meu filho para cá, para o Rio. Não adiantou. Ele voltou para casa. Fui conhecer a bastarda. A pobre menina estava assustada. Não tinha nada disso de fruto proibido. Era apenas uma jovem tola e avoada, que, sem saber, tinha colhido o fruto da árvore errada. Eu a trouxe para o Rio de Janeiro. Fui morar na casa que minha irmã havia comprado para o meu pai, aqui perto. Não conseguia sentir pena da moça. Levei a pobre ao médico indicado pela minha irmã. Um médico para tirar a criança da barriga. A moça, tonta e desnorteada, mal conseguia se levantar. Muito fraca. Não comia nada. O médico disse que, se tentássemos tirar a criança daquele jeito, a moça não ia resistir. Eu não tinha pena dela. Mandei o médico ir adiante. Ele tentou, mas a menina desmaiou. Quase morreu. Ficou semanas indo e vindo. Acordava sem consciência. A gente dava sopa. Ela voltava a dormir. A barriga crescia. Mesmo ela estando desacordada, chamei o médico. Queria fazer o procedimento. O médico se recusou. Achei outro. Um boticário. Pouco importa se o gato seja preto ou cinzento, desde que apanhe os ratos. Ele deu morfina a ela. O incompetente fez do aborto um parto. A criança nasceu antes do tempo, mas já roliça. A mãe estava toda cortada da cirurgia. Perdeu muito sangue. O boticário dava morfina e mais morfina.

O sacerdote aproveitou a pausa:

– Meu Deus! Que tristeza! Onde está essa jovem mãe? E a criança? Sobreviveu? Quem cuida dela?

– A criança, minha neta, ficou comigo. Levei a mãe para um sobrado. Um dia, não sei como, Abayomi, a bastarda, bateu no meu portão. Ela parecia drogada. Pediu para ver a criança. Não abri a porta. Fiquei do outro lado da grade. Naquele dia, decidi contar que ela era irmã do meu filho. Repeti o que sabia: ela era filha bastarda do meu marido. O ato dela e do meu filho era abominável. Não sei se a moça compreendeu, mas se foi. Não a abandonei completamente por piedade. Continuei pagando o aluguel do sobrado onde ela morava. A jovem tinha crises de dor que só a morfina aplacava. O boticário me contou que ficara viciada na droga. A natureza ruim da moça acabou vindo à tona. A coitada se prostituiu para sustentar a dependência. Virou bandida. Sumiu. Perdi o contato. Poucos anos depois, a pretinha teve coragem de aparecer de novo no portão da minha casa. Estava irreconhecível. Gritando, queria saber da filha. Do outro lado da grade, sem abrir a porta, fui falar com ela acompanhada do caseiro, para ela ver que eu estava protegida. Como não alcanço o céu, recorro às potências do inferno. Menti para a pobre coitada. Menti pelo bem dela. Fui seca: disse que a criança tinha morrido. Ela estava bêbada. Virou o rosto e foi embora. Há destinos piores do que a morte.

O padre interrompeu Beatrice:
– O céu entende o inferno e o inferno não entende o céu.
Sem escutar o clérigo, Beatrice seguiu com a confissão:
– Nunca contei nada disso à minha irmã. Não quero saber como julgaria minha atitude. Para minha irmã não falarei mais nada. Agora, quero fazer as pazes com Deus. Por isso confesso.
– Pazes com Deus? – quis entender o sacerdote, estarrecido com o relato.
– Cuido da minha neta. Não sei ao certo o que sinto por ela. Procuro não me preocupar com isso. Minha consciência por vezes me perturba com esta pergunta: o que sinto pela menina? Recentemente comecei a cuspir sangue. A tossir sangue. O médico disse que é grave. Estou indo. Fico sem saber o que vai acontecer depois. Comigo. O que vai acontecer comigo depois que eu morrer. A dúvida é pior do que a morte. A morte tem fim.
Silêncio.
– A sua neta – tentou saber o vigário –, quem tomará conta dela? Deus a colocou no seu caminho por alguma razão. Depois de tantas tentativas de lhe tirar a vida, ela sobreviveu. Ela vive com você. Depende de você. Quem não tem fé não vê os milagres.
– Padre, quando minha neta sobreviveu, achei mesmo um milagre. Falei com Deus pela primeira vez desde a morte do meu filho. Disse a Ele: agora que Você já provou que existe, fique longe de mim.
Beatrice respirou.
– Sabe, padre, passo o tempo todo calada. Dá para pensar um bocado. Acho que Deus criou o homem porque se sentia

solitário. Queria algo para o entreter. De vez em quando se irrita conosco, como o dono do cachorro se aborrece quando o animal faz xixi no tapete da sala. Fora isso, para Deus somos um passatempo.

Silêncio.

– Minha filha – voltou o padre, do outro lado do confessionário, doce –, você precisa abrir seu coração para a fé e a esperança.

– Olhe para mim, padre. O tempo é machista. Não me sobra qualquer luz, qualquer graça. Meu pai costumava dizer que os velhos se apegam às suas verdades. A minha verdade é a de que jamais dei muita importância à vida. Isso não vai mudar agora.

Silêncio.

– Agora que vou morrer – disse ela –, preciso saber de Deus.

De repente Beatrice se calou. Respirou pesado. Sem qualquer reação do vigário, continuou:

– Minha neta é uma monstruosidade. Filha de irmãos. Eu fiz tudo para evitar esse nascimento. Não sou assassina. Como disse, sei distinguir o certo do errado. Eu deveria ter morrido jovem, antes de passar por esses sofrimentos. Ninguém quer morrer jovem, mas ninguém quer envelhecer. Quero morrer em paz com Deus. Tenho vindo a essa igreja desde que me mudei para o Rio de Janeiro, tomando coragem para me confessar. Aqui estou, falando a verdade. São muitas as lembranças e poucas as esperanças. Quero o perdão. Preciso morrer tranquila.

O padre saiu do confessionário. Foi ao encontro de Beatrice e a abraçou firme. Beatrice se surpreendeu com o gesto.

O sacerdote pediu que ela o aguardasse. Logo, voltou com um pequeno livro, o Evangelho apócrifo de Maria. Havia anotado uma passagem para Beatrice: "*O que me prende foi morto; o que me rodeia foi vencido; o meu desejo foi terminado; a ignorância morreu. Num mundo, fui libertada de um mundo e do grilhão do ouvido (que só dura um tempo). A partir de agora, atingirei o repouso do tempo em silêncio.*"

ABAYOMI
IV.

Abayomi sentia dor. Dor que não cessava. Só a morfina lhe dava trégua.

Lembrava-se do dia em que percebera a criança na barriga. Não sabia a quem contar.

Após seu encontro com Metinques na biblioteca, no caminho de volta à Vila, o tempo passou de forma diferente. Abayomi chorou sem parar. Chegou a noite. Um velho bêbado a abordou. Abayomi rechaçou o ébrio. Ameaçou o velhaco falando que era filha de Omokehinde. O bêbado riu. Exalando bafo de cachaça, disse, com os olhos fixos na jovem, que ela estava enganada. Ela não era filha de Omokehinde.

Aquela afirmação, naquele momento, deixou Abayomi ainda mais aturdida. Que certezas poderia ter? Omokehinde não era sua mãe? Lutero Gêmeo assumiria a criança?

Quando a mãe de Lutero Gêmeo apareceu prometendo tirá-la da Vila, surgiu para Abayomi uma esperança. Ela nunca havia deixado Ateninhas. Nada seria pior do que ficar ali.

Jamais se vai além quando não se sabe para onde se vai. Abayomi aprendeu essa lição da forma mais doída.

O tempo mostrou que deixar Ateninhas fora um erro, pensava Abayomi. Talvez tenha errado ao não procurar Lutero Gêmeo. Ou, talvez, o erro tenha sido deixar Ateninhas com uma mulher desconhecida, acreditando que poderia confiar nela. Talvez o erro tenha sido confiar em Metinques, que aparecera, na hora mais crítica, quando tudo era confusão, com a mãe de Lutero Gêmeo como se ela fosse a salvação. O erro era ser jovem. Erros.

Naquele momento, para Abayomi, tudo era dor.

BANUT
II.

Banut tinha uma elegância natural. A fineza própria, segundo ela acreditava, de quem fala francês. O tempo tem seus preferidos. Banut sentia que era um deles. Embora o tempo possa ser generoso com alguns, não esquece ninguém. Os anos se passaram para Banut também, com eles vieram os cabelos brancos. Veio também uma carta de Beatrice, de quem não recebia informação havia muito. Sua irmã dava notícia de que deixara Ateninhas. Precisava de ajuda para se estabelecer no Rio de Janeiro. Banut socorreu financeiramente a irmã. Instalou Beatrice numa boa casa, com jardim, em Botafogo.

Um ano depois daquela carta, Beatrice visitou Banut, levando no colo uma menina, ainda pequerrucha, cor de café com leite. Foi a única vez que Beatrice foi à casa de Banut. As irmãs, embora vivessem no mesmo bairro, se encontravam bissextamente, sempre por acaso. Em três ou quatro das vezes que Banut foi à igreja, esbarrou com a irmã, acompanhada da mesma menina, que já não ficava no colo.

Anos depois, o casal de portugueses que cuidava da casa de Beatrice informou Banut da morte de sua irmã. Na ocasião, eles levavam outra carta de Beatrice, a última que ela escrevera. Nela, pedia a Banut que cuidasse da menina, por ela criada como filha. Foi ali que Banut soube o nome da garota: Ozymandias.

A menina então deixou o colégio e foi morar com Banut, a quem chamava de madrinha.

METINQUES
XIV.

Depois de morto, o corpo serve de muito pouco. Ou melhor, o corpo perde sua função. Apodrece. Entretanto, os vivos querem ver o corpo morto. Sem isso não descansam. São os vivos que não descansam.

    Há uma história antiga de uma guerra enorme, interrompida por conta de um corpo. O filho do rei, seu melhor guerreiro, pereceu nas mãos do inimigo. O rei, já ancião, foi desarmado ao acampamento do adversário reclamar o cadáver. O rei se humilhou para resgatar o corpo morto. O inimigo compreendeu a dor do pai. Entregou-lhe o corpo e a guerra foi interrompida para que o velho rei pudesse prantear o filho amado.

    Conto isso para recordar que as pessoas se importam com o corpo, ainda que um corpo morto. Mesmo que o destino do corpo seja o de perecer consumido pelo fogo, professor de todas as artes, ou coberto pela terra, mãe de todo o esquecimento.

Omokehinde nunca veria o corpo morto de Abayomi.

RUTE
III.

Rute, como tantas meninas da Vila, fora criada reverenciando Omokehinde. Para Rute, Omokehinde era, na prática, uma deusa viva, guardiã das tradições de sua gente. Por hábito, Rute passava sempre que podia na casa da parteira, ainda que somente para cumprimentá-la.

Desde sua curta viagem ao Rio de Janeiro, Omokehinde repetia, como um mantra: a filha estava morta e o assassino impune. Abayomi precisava ser vingada. Rute escutava. Não sabia, porém, como ajudar.

Passados alguns meses, Omokehinde fez uma revelação a Rute. Segundo a parteira, Abayomi fugira de Ateninhas porque esperava um filho do juiz Lutero Gêmeo. Rute ficou surpresa. Omokehinde disse que percebeu a gravidez da filha só de olhar para ela. Omokehinde fez Rute jurar que não contaria nada a ninguém. O juiz Lutero Gêmeo não poderia saber.

Diante da morte da filha, Omokehinde converteu seu interesse em descobrir o que ocorrera com a criança que Abayomi carregava no ventre quando fugiu de Ateninhas. Conhecer o destino de Abayomi poderia esclarecer o paradeiro da criança. Teria nascido? Onde estaria?, indagava-se.

Como a morte de Abayomi se deu na época em que Santa chegara a Ateninhas, talvez Santa, moradora do Solar, pudesse ajudar com alguma informação. Rute deveria perguntar à mulher do juiz Lutero Gêmeo se ela sabia ou poderia descobrir algo sobre Abayomi. Não custava tentar.

No dia seguinte, no Solar, enquanto os meninos brincavam ao redor da mãe, Rute explicou a Ozymandias, a quem também chamava de Santa, a saga de Omokehinde para encontrar o assassino da filha. Ozymandias ouvia atenta o relato. À medida que Rute narrava a história dos bandidos que armaram a barricada na encruzilhada, ao lado do barranco, e acabaram baleados pelo homem que tentavam assaltar, Ozymandias compreendeu no ato: ela havia matado Abayomi.

Ozymandias falou diretamente:

– Rute, não foi um homem que atirou na filha de Omokehinde. Fui eu.

RUTE
IV.

Logo em seguida à chocante revelação, Ozymandias explicou, para uma atônita Rute, o contexto dos tiros: ela defendia a sua vida. Estava escuro e ela não tinha ideia de quem eram as pessoas contra as quais investiu. Ozymandias nunca havia falado sobre aquele trágico incidente com ninguém. E, imediatamente depois de fazer a confidência, se disse arrependida da revelação. Suplicou a Rute que jamais repetisse aquilo a quem quer que fosse. Rute prometeu silêncio. Prometeu da boca para fora. Não tinha intenção de ocultar o fato de Omokehinde.

No mesmo dia, Rute entrou na casa simples de Omokehinde. A porta estava aberta. Notou o tanto que Omokehinde havia envelhecido. Contou que, ao pedir ajuda a Santa para descobrir o assassino de Abayomi, ouvira a surpreendente confissão: Ozymandias admitira ter matado Abayomi.
  Omokehinde levou as mãos ao rosto. Tremia. Emitiu um som gutural.
  – Foi um acidente – assegurou Rute, incontinente. – Uma fatalidade.
  Perturbada, a velha parteira parecia não escutar o que Rute dizia. Trincando os dentes, disse lentamente para si mesma:
  – Vou vingar a minha filha. Juro.

Ordenou: Ozymandias não poderia saber daquela conversa. Foi quando Rute notou que a parteira estava cega.

Antes do sol nascer, Rute já fazia carinho na cabeça de Bakhita. Nem havia dormido. Aguardava, ansiosa, Ozymandias acordar.

OZYMANDIAS
XIV.

Quando Ozymandias despertou, uma angustiada Rute revelou a ela que Omokehinde jurara matá-la. Aconselhou Ozymandias a conversar com a velha parteira. Precisava explicar que o tiro fora um ato de defesa. Ozymandias não temia Omokehinde, mas temia o que ela própria poderia fazer com a parteira para se proteger. Havia também Bakhita. Ela precisava cuidar de Bakhita.

Numa fração de segundo, Ozymandias decidiu fugir. Informou a Rute que fugiria imediatamente. Rute implorou a ela que ficasse e contasse a verdade. Ozymandias nem respondeu. Começou a juntar, apressada, algumas roupas de suas meninas. Colocou tudo de forma desordenada num saco. Pegou o dinheiro que ficava na cozinha.

Ao perceber a movimentação que antecipava a partida, Rute tentou segurar Ozymandias. Disse que não permitiria a escapada. Ozymandias pegou Rute pelo braço e, vencendo a resistência da moça, arrastou-a até o banheiro do quarto. Muito ágil, amarrou as pernas e os braços de Rute com um lençol. Fez de uma fronha uma mordaça. Trancou-a no banheiro. Ajeitou Bakhita em seu colo. Ozymandias deu um longo beijo na testa de cada um dos meninos, sem os despertar. Segurou a mãozinha de Ifigênia, que parecia dormir acordada. Como se fosse uma equilibrista, conseguiu agarrar o saco de roupas. Não quis pensar mais. Já fugira antes. Não seria novidade voltar a deixar tudo para trás.

Enfiou-se com as meninas em um dos carros da fazenda. O sol dava os primeiros sinais quando Ozymandias caiu na estrada. Ifigênia e Bakhita iam deitadas, encolhidas no banco traseiro do automóvel. Ozymandias sabia que Lutero Gêmeo jamais permitiria que levasse os meninos.

Ozymandias percorreu o caminho inverso de quando fora parar em Ateninhas. Voltou para o lugar de onde saíra, o Rio de Janeiro. Ao chegar na cidade, procurou a casa da madrinha, irmã da mãe. No local, encontrou um conjunto de prédios. O portão, antes pomposo, estava desfigurado. Ainda de carro, foi à casa de sua mãe. Um trajeto curto. Também a casa em que morara Beatrice fora demolida. No lugar do jardim subira uma construção de muitos andares. Dormiu no carro com as meninas.

Ozymandias se lembrou de procurar dona Francisca, a portuguesa que trabalhara para a mãe. Ela e o marido, *seu* Antônio, moravam ali por perto, no Catete. Quando menina, Ozymandias costumava ir ao mercado com a portuguesa. Na volta, de vez em quando passavam no pequeno apartamento onde morava o casal. Ela sabia chegar lá.

DONA FRANCISCA
I.

Francisca e Antônio se conheceram crianças. Seus pais eram lavradores em um campo pequeno, vizinho a Viana do Castelo, norte de Portugal. Casaram-se cedo. Não tinham vinte anos. Ele queria trabalhar. Ela queria ter um filho. O trabalho não veio. O filho não veio. Veio a fome.

    Antônio convenceu Francisca a migrar para o Brasil. Lá teriam mais oportunidades, prometia. Antônio contou histórias de sucesso: tantos que prosperaram na América. Nada impressionava Francisca. Antônio só a convenceu quando disse que, na abundância do Brasil, os filhos apareceriam.

    Os dois partiram de Portugal para o Rio de Janeiro sem um tostão. Ao desembarcarem, ficaram maravilhados com a beleza da cidade. Tiveram o que ambos chamaram de sorte: um conhecido indicou um serviço na casa de uma senhora e uma menina. Bom salário, pago pela irmã da senhora, mulher da alta classe.

    A senhora, dona Beatrice, era lacônica. Mal saía da casa. Não recebia visitas. Havia também a menina, Ozymandias, chamada de Café, igualmente quieta. Francisca gostava da garota. Ela e o marido ficavam curiosos. Queriam entender a relação entre a senhora e a menina, mas faltava coragem de perguntar. A senhora era um túmulo. Falava apenas o necessário. Acreditavam que a patroa fosse a avó da menina, embora esta a chamasse de mãe. As duas jantavam juntas todas as noites. Para o jantar, a senhora se vestia com sua melhor roupa.

Viram dona Beatrice ficar doente. Tuberculose. Quando ela morreu, levaram a menina para a casa da madrinha que pagava as contas, a irmã de Beatrice. Receberam uma generosa indenização. Com o dinheiro, compraram o apartamento no Catete que antes alugavam.

Os filhos nunca chegaram. Antônio se enrabichou com uma rameira. Dormia fora sem avisar. Morreu de repente nos braços da outra. Francisca foi buscar o corpo do marido no prostíbulo. Não se sentiu humilhada quando entrou na zona. Com o rosto erguido, foi encaminhada ao segundo andar da espelunca para encontrar seu pequeno Antônio, nu e gelado, com um sorriso no rosto. Essa era a imagem que Francisca guardaria do marido.

Envolveram o cadáver num lençol para tirá-lo de lá. Ao cruzar o salão do bordel, Francisca viu que o prazer seguia rindo na boca daquela gente. A morte não os intimidava. A portuguesa não abaixou a cabeça quando cruzou o salão do bordel. Estava convicta de que a fortuna não deixaria durar muito aquele engano da alma.

Francisca virou passadeira.

Nunca mais ouviu falar da libanesa e da garota até o dia em que Ozymandias, já mulher feita, bateu em sua porta, carregando uma menina no colo e segurando outra pela mão. Francisca tomou um susto. Ozymandias se tornara uma mulher enorme. Os olhos escondidos entre a testa e as bochechas eram os mesmos. A menina, a calada Café, pedia asilo.

METINQUES
XV.

O passado ajuda a interpretar o presente. A história é mais do que a mera sucessão de fatos malditos.

Desculpe-me se, por vezes, me perco. Em parte, faço isso de forma intencional. Quero testá-lo. Já lhe disseram que é importante estar atento? Estar pronto é tudo. Quem não presta atenção perde o fio dos acontecimentos.

Tenha presente: conto uma história política. Na verdade, todas as histórias são políticas. Até mesmo a opção de nada contar é um ato político. Se ainda não percebeu é porque não está atento.

Você discorda? Discordar é um primeiro passo rumo à atenção. De toda forma, não quero criar polêmica. Quero encontrar pontos de convergência. Concordemos: não se pode perguntar à própria coisa se ela existe.

Permita-me voltar a Eva. Mais precisamente ao momento em que Eva foi humilhada. O ponto da passagem é registrar mais essa idiossincrasia da nossa natureza: são as dificuldades que nos transformam.

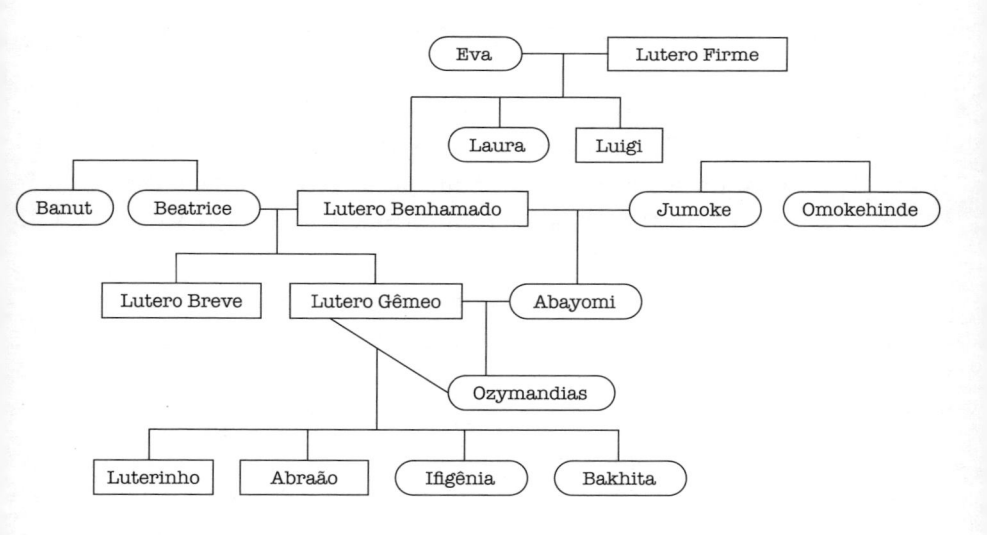

```
                    ┌─────────┐   ┌──────────────┐
                    │   Eva   │───│ Lutero Firme │
                    └─────────┘   └──────────────┘
                         │
                 ┌───────┼───────┐
              ┌──────┐ ┌───────┐
              │Laura │ │ Luigi │
              └──────┘ └───────┘
┌───────┐ ┌──────────┐ ┌──────────────────┐   ┌────────┐ ┌────────────┐
│ Banut │ │Beatrice  │─│ Lutero Benhamado │───│ Jumoke │ │ Omokehinde │
└───────┘ └──────────┘ └──────────────────┘   └────────┘ └────────────┘
                │              │
        ┌───────┴──────┐       │
  ┌──────────────┐ ┌──────────────┐ ┌──────────┐
  │ Lutero Breve │ │ Lutero Gêmeo │─│ Abayomi  │
  └──────────────┘ └──────────────┘ └──────────┘
                          │      │
                       ┌──────────────┐
                       │ Ozymandias   │
                       └──────────────┘
   ┌────────────┐ ┌─────────┐ ┌──────────┐ ┌──────────┐
   │ Luterinho  │ │ Abraão  │ │ Ifigênia │ │ Bakhita  │
   └────────────┘ └─────────┘ └──────────┘ └──────────┘
```

EVA
VII.

Eva, nua, deixou-se cair na cama. Enrico desabou em cima dela.

Eva abriu os olhos. Desvencilhou-se do italiano. Catou sua roupa. Não olhou para o rosto dos homens que testemunharam sua infidelidade. Saiu da casa como uma flecha em direção ao Solar. Seguiu caminhando pela estrada. Sabia que jamais superaria aquela vergonha.

Teria Enrico convidado os amigos para vê-los juntos? Será que de propósito quisera mostrar aos demais o que fazia com a mulher do dono das terras? Chorou. Não se lembrava de ter chorado nem quando perdeu os pais. Certamente, aquela era a única vez que chorava na vida.

No meio do caminho, parou no açude. Tirou a roupa e mergulhou. Queria purificação. Sentia o corpo sujo e a alma vazia. Quis morrer ali, naquele instante.

No escuro profundo do lago, na noite de céu cerrado e sem lua, Eva, de olhos fechados e debaixo da água fria, viu uma luz. Para ela, era Deus.

EVA
VIII.

Ao chegar ao Solar, encharcada, Eva enrolou-se numa toalha e dormiu. Uma vontade de vomitar a despertou.

Ali pressentiu que esperava uma criança. O pai não poderia ser Lutero Firme, que estava fora de casa havia algum tempo. O filho só podia ser de Enrico. Ou, quem sabe, do Espírito Santo, que a emprenhara no açude.

EVA
IX.

Eva não saía da cama. Levantava-se apenas para se aliviar na bacia. Mal comia. Mandou fechar as janelas. Passou a viver na penumbra.

Finalmente, Lutero Firme voltou. Só então conheceu a filha, Laura, que contava mais de um ano. Encontrou a mulher esquálida. Irreconhecível. Um fiapo. O marido se prostrou diante dela.

– Não podia imaginar que minha partida lhe causaria tão grande sofrimento – confessou amavelmente.

Emocionado, pediu perdão. Prometeu que não a deixaria mais. Abraçaram-se. Ali, Eva percebeu que havia verdade no seu sentimento por Lutero Firme. Abraçou o marido com o que lhe restava de força.

Naquela noite, apesar da fraqueza da mulher, Eva e Lutero Firme fizeram amor.

EVA
X.

Eva e Lutero Firme passaram a se tratar com ternura. Um mês depois do retorno dele, quando a barriga começava a revelar seu estado, Eva contou ao marido que aguardava um terceiro filho. Lutero Firme cobriu a mulher de beijos e juras de felicidade.

Eva não saía do Solar. Quando podia, segurava com força a mão do marido.

De todas, a terceira gravidez foi a mais tranquila. Eva não passou mal um dia sequer. O parto foi rápido. Eva sentiu pouca dor. Numa única respiração, um menino saiu de seu ventre. Chamaram atenção, de pronto, os grandes olhos verdes do bebê. O menino foi batizado Luigi, recebendo o nome do avô materno.

Eva abraçou Luigi com carinho. Com ele, experimentou o verdadeiro amor de mãe. Intimamente, acreditava que Luigi era filho do Espírito Santo, concebido nas águas do açude. Nunca dividiu com ninguém o que tinha como verdade: Luigi era o Jesus de Ateninhas.

Eva fez construir uma capelinha ao lado do Solar, onde passava a maior parte do dia a rezar. O cheiro de incenso impregnou o casarão. Aos poucos, Eva alterou seu guarda--roupa para vestir apenas negro. Até seus hábitos alimentares refletiam a devoção: trocou o jantar pela hóstia. Sua fala incorporou constantes referências a Deus. Ouvia-se ela exclamar, invariavelmente, "Dio mio". Tornou-se uma crente modelar. Não lia nada diferente da Bíblia. Inteligente, afirmava conhecer de cor as 783 mil palavras das Escrituras Sagradas. Ocupava-se de diálogos epistolares com membros do prelado. O pároco de Ateninhas a visitava todos os dias para ministrar a bênção. Por vezes ela recebia autoridades eclesiásticas vindas do Rio de Janeiro. Regava esses encontros com presentes e doações.

A noite na qual Enrico a expôs aos companheiros italianos deixou marcas profundas em sua alma. Embora jamais tivesse contado o acontecido a alguém, omitindo-o até nas diuturnas confissões, Eva, em suas constantes orações, pedia perdão por seu romance com Enrico. Depois daquela fatídica noite, ela não mais colocara os pés no Centro de Ateninhas.

Luigi recebia um tratamento diferenciado dos demais filhos. Eva cobria o caçula de atenções e mimos. O pai não se incomodava com aquela ostensiva predileção, pois ele também só tinha olhos para o primogênito, que carregava seu nome: Lutero, Lutero Benhamado. Laura ficava esquecida. Esquecida mesmo.

LAURA
II.

Desde pequena, Laura tinha a convicção de que sua vida era um desperdício. Ela nunca entendera por que havia nascido. Claramente, seus pais não a quiseram. Foi sempre tratada de forma indiferente. Como se não existisse. O pai costumava levar seus irmãos ao Rio de Janeiro. Ela ficava em Ateninhas. Sequer indagavam se Laura desejava ir.

Certa vez, meninota, andando pelo mato, Laura caiu num buraco e torceu o tornozelo. Ficou presa. Demorou horas até conseguir sair. Arrastou-se até o Solar. Chegou com a noite avançada. Ninguém se dera conta de sua ausência. Todos dormiam tranquilos. No dia seguinte, não houve perguntas. Laura poderia não existir. Sentia-se assim. Mesmo quando se colocava ao lado da mãe durante horas, prostrada na capelinha, em frente ao altar, Laura tinha certeza de que ela não a notava. Era invisível.

Ninguém no Solar sabia como Laura aprendera a ler. Desde pequena, a menina ficava em cima dos poucos livros que havia na casa. Acompanhava a constante leitura da Bíblia deslizando seus dedos, pequenos e gorduchos, pelas páginas. O pai notou o talento da filha.

A melhor coisa que aconteceu em sua vida foi quando decidiram que ela estudaria no Rio de Janeiro. Internato. Colégio de freiras, só de meninas. Laura fez amigas. Para suportar a solidão, vivia acompanhada de livros. Lia o que estivesse pela frente. Preferia os livros em italiano, para se sentir perto da mãe.

Voltava para Ateninhas nas férias de final de ano. Corria solta pelo mato. No açude, nos dias quentes de verão, muitas crianças e jovens iam se banhar. Não havia adultos por perto. Os mais velhos estavam ocupados. Laura brincava com as crianças. Havia mais de uma dúzia delas. No começo, os italianos ficavam de um lado e os meninos da Vila de outro. Em pouco tempo, entenderam-se. Corriam uns atrás dos outros. Mergulhavam no açude de roupa. Sujavam-se de lama. Brincavam de roda, pulavam corda, cantavam. Riam. Laura conheceu Jumoke, a mais esguia e rápida. Ficaram amigas.

Durante um verão, quando o sol atingia o ponto mais alto do céu, as crianças se encontravam na margem do açude. Laura servia, por vezes, de intérprete. Traduzia o que os italianos diziam para a meninada e vice-versa. Ela se sentia útil. Formou-se uma turma que se conhecia pelo nome.

Um dia como outro qualquer naquela algazarra das crianças, Laura e um menino italiano entraram na água. Os dois, entre risadas, chegaram à parte mais funda do açude. Laura viu o menino gritando por socorro. Acreditou que fosse zombaria. Quanto mais o garoto se debatia na água, mais Laura ria, achando graça. De longe, Jumoke, percebendo a situação, berrou para Laura que ajudasse o menino. Só então Laura se deu conta de que ele não estava brincando. O pequeno não sabia nadar. Laura puxou o menino. Já era tarde. Ele havia engolido muita água. Laura levou o corpo até a margem. As crianças, atônitas, cercaram o guri. Afogara-se. Estava morto.

LAURA
III.

Silêncio.
 As crianças fizeram uma roda ao lado do corpo morto.
 Um menino italiano rompeu o silêncio, dirigindo-se a Laura com um berro:
 – Por que não salvou Nuno? Ele não sabia nadar!
 Laura não sabia disso. Ela não entendera que Nuno pedia socorro. Acima de tudo, não sabia como reagir à situação. Agoniada, partiu correndo. Correu sem parar até o Solar. Fechou-se no seu quarto. Ficou paralisada.

Naquele dia, quando escureceu, o pai a procurou. De testa franzida, perguntou o que havia ocorrido no açude. Ele sabia apenas que um menino italiano morrera afogado e os italianos culpavam os pretos da Vila. Por causa do incidente, os pais do menino morto tinham ido até a Vila. Ânimos exaltados. Houve briga. Muita gente se machucou.
 Laura permanecia calada.
 O pai, então, repetiu a pergunta:
 – O que aconteceu no açude?
 Laura não disse toda a verdade. Sem conseguir encarar o pai, com os olhos fixos no chão, mentiu: falou que não vira quando o menino se afogara. Assegurou também que não havia culpados.

– Foi um acidente – afirmou em voz baixa, segurando o choro.

Apenas anos depois Laura compreenderia os motivos pelos quais, naquele momento, o pai lhe dissera:

– Temos que achar um culpado para a morte do menino.

METINQUES
XVI.

Adiante, retornarei a esse episódio da vida de Laura. Permita-me ir em frente para narrar o que ocorreu quando a mulher de Lutero Gêmeo, a que chamavam de Santa, fugiu com as filhas.

Esse vai e volta ajuda a fazer meu ponto: o livro é uma máquina do tempo. Quando Abayomi chegou na biblioteca, ainda menina, ela nunca tinha visto um livro. Curiosa, perguntou-me como aquilo funcionava. Expliquei: era uma máquina do tempo. A menina entendeu e concordou. É sinal de pureza conseguir ver as coisas como elas verdadeiramente são – não como gostaríamos que fossem ou como nos dizem para vê-las.

Ademais, já li em algum lugar que só coisa de rasa importância se conta alinhavado.

LUTERO GÊMEO
V.

Avisaram Lutero Gêmeo quando Ozymandias pegou o carro da fazenda e levou as meninas. Ele determinou que ninguém fosse atrás de sua mulher. Os meninos haviam ficado com ele. Era isso que importava. Naquele momento, era bom que Ozymandias deixasse Ateninhas.

Antes do meio do dia, quando no Solar já sabiam da fuga de Ozymandias, Lutero Gêmeo pediu que comunicassem ao padre e à líder das viúvas de Ateninhas que sua mulher se fora. Era a notícia que queriam ouvir.

Na véspera, circulara a última: os americanos haviam pisado na lua. A maioria duvidava. Afinal, nada mudara por ali. Quando passaram a dizer que a matadora da Fera de Ateninhas tinha ido embora, para muitos na cidade a chegada do homem à lua passou a fazer sentido.

Naquele mesmo dia ensolarado, Omokehinde apareceu no Solar, querendo falar com Lutero Gêmeo. Informaram a ele que a velha parteira estava cega. Quando dois cegos se encontram, não se preocupam com o penteado ou se a barba está bem-feita. Preocupam-se apenas com a essência da conversa.

Omokehinde foi direta. Sabia que a mulher de Lutero Gêmeo fugira. Contudo, tinha contas a acertar com ela. Aquela mulher, afirmava Omokehinde, matara Abayomi e jogara seu corpo no rio Escamandro. Ela precisava pagar pelo mal que cometera. Pagar com a própria vida.

Lutero Gêmeo ouviu a parteira. Ela havia se transformado em ódio. Ódio puro. E ele, por sua vez, virara indiferença. O que seria pior? O amor, todo o amor que tinha sentido por Abayomi tomara a forma de algo que não sabia definir. Algo cujo gosto tinha dificuldade de sentir. E, quando sentia, o gosto não era bom.

Para Lutero Gêmeo, o amor representava um duplo mal: porque amou a coisa errada e porque seu amor nunca foi suficiente.

A informação de que Ozymandias havia matado Abayomi surgiu como um enigma na mente de Lutero Gêmeo. Ele nunca tivera intimidade com Ozymandias. Apesar dos anos vivendo sob o mesmo teto, os dois não se conheciam minimamente. Lutero, entretanto, não acreditava que ela fosse capaz de matar alguém. Por que mataria Abayomi? Aquilo não tinha explicação. Mais uma situação em sua vida que não conseguia entender. Mais uma.

Naquele momento, Lutero Gêmeo queria apenas que a velha parteira o deixasse e ele pudesse retornar à sua escuridão silenciosa.

– Minha mulher foi embora – disse a Omokehinde. – Levou minhas filhas. Não acho que voltará. Ninguém volta para cá. O destino seguiu com ela.

– Eu desafio as estrelas – respondeu Omokehinde com voz firme. – Não respeito mais o senhor do destino. Vou ser o destino dela.

Pelo barulho dos passos, Lutero percebeu, aliviado, que Omokehinde havia partido.

A LÍDER DAS VIÚVAS DE ATENINHAS
II.

Quando passou a circular a notícia de que "aquela mulher", antes chamada de Santa, deixara a cidade, os cidadãos de Ateninhas celebraram.

A gente se reuniu na praça e a líder das viúvas pronunciou breves palavras, que ecoaram na lembrança de quem as ouviu:

– Ateninhas! Ateninhas ultrajada! Ateninhas arruinada! Ateninhas martirizada! Mas Ateninhas libertada! Libertada por si mesma! Hoje digo com orgulho: sou de Ateninhas!

LUTERO GÊMEO
VI.

Embora Ozymandias tivesse deixado Ateninhas, a cidade permaneceu sem nascimentos. Ninguém engravidava. Agora o padre, a líder das viúvas e o resto da comunidade não sabiam a quem culpar.

Para alguns, a culpada era aquela mulher, outrora chamada de Santa Lúcia, que precisava morrer mas seguia viva. Outros defendiam ser injusto acusar a santa. Havia também aqueles para quem a responsável pelo infortúnio era a água barrenta do Escamandro. Um grupo argumentava que tudo se devia à praga rogada pelos libaneses, expulsos da cidade. Havia, ainda, os que culpavam o governo, os militares que tomaram o poder, os comunistas que não se organizaram, os homens com um só olho que pereceram na guerra, os Luteros e, claro, Deus, que nada fazia.

Lutero Gêmeo se preocupava com a criação dos meninos. O filho Lutero Grande, apesar do tamanho, era em tudo passivo. Todos o chamavam de Luterinho. O outro filho, Abraão, embora mais atinado, não tinha o corpanzil do irmão.

METINQUES
XVII.

Sou ruim de datas. Tenho dificuldade de entender a lógica do relógio.

Em algum momento, vieram me dar a triste notícia da morte de Laura. Parece que, depois que faleceu, seu corpo ficou dias no quarto do Solar e ninguém notou. Talvez o sobrinho estivesse ocupado cuidando dos meninos, já que a mãe deles tinha ido embora. Começaram a sentir o cheiro da decomposição do corpo. Só então descobriram o cadáver. Uma ironia, porque Laura, desde criança, não sentia cheiro de nada.

Laura estivera muitas vezes na biblioteca na época em que ainda havia livros nas estantes. Laura lia tudo. Adorava ler italiano, língua de sua mãe. Foi ela quem pediu que Abayomi estudasse comigo.

Laura, no curso da vida, ficara obesa, com dificuldade de locomoção. Não conseguia mais viver sozinha no Rio de Janeiro. Teve que voltar para Ateninhas. Decidiu engajar-se na tradução da *Divina Comédia*, obra monumental de Dante Alighieri. Passava o tempo enfurnada em seu quarto no Solar. Dedicação absoluta.

No dia em que soube da morte de Laura, senti saudade. Lembrei-me de quando ela, ainda jovem, me disse que queria ser escritora, mas não sabia para que serviam os escritores.

Laura conseguia indicar com precisão a função dos engenheiros, dos advogados, dos médicos, porém não a dos escritores. Pediu-me que lhe explicasse para que servem os escritores.

Respondi o que me ocorreu na hora: eles servem para fazer uma pessoa conversar consigo mesma. Ao longo do tempo, cogitei outras respostas. Se ela me perguntasse novamente, diria algo que ouvi por aí: os escritores servem para dizer a verdade, já que a arte é o único meio de que dispomos para expressar as mais profundas verdades. Com Laura morta, eu não conseguiria mais perguntar a ela se a resposta dada anos atrás a ajudara. Também não poderia mais perguntar se queria conversar, se sentia solidão, se tinha algum sonho, nem tampouco indagar como havia traduzido a ironia de Dante.

Ao saber da morte, tentei descobrir com os empregados do Solar o que fora feito do trabalho de Laura. Afinal, deveriam existir rascunhos ou manuscritos de sua tradução da *Divina Comédia*. Pelo que apurei, jogaram tudo fora. O árduo trabalho de Laura fora em vão.

Em algum lugar li que toda a nossa felicidade e a nossa miséria dependem apenas da qualidade do objeto a que vinculamos nosso amor. Desde então, fico pensando se Laura era feliz.

No seu enterro, no mausoléu dos Luteros, além de mim compareceu apenas o padre. Só nós dois. Nem gente, nem flores. Nenhuma lágrima. Laura tivera tempo de escolher os dizeres de sua lápide: "*O voi ch'avete li'ntelletti sani, / mirate la dottrina che s'asconde / sotto 'l velame de li versi strani.*" Um verso do poeta preferido da falecida, Dante Alighieri. Nessa passagem da *Divina Comédia*, alerta-se às pessoas de mente sã: fiquem atentas ao que se esconde por detrás das palavras.

Mal reconheci Laura, imensa de gorda, ocupando cada centímetro do caixão. O padre me perguntou se gostaria de dizer algo em memória da falecida. Eu disse apenas:

– Laura, jamais esquecerei você.

Falei a verdade.

OMOKEHINDE
VI.

Omokehinde sabia que seu tempo estava acabando.
    Quando Ozymandias foi embora, Omokehinde deixou de falar com Rute. Tinha certeza de que Rute alertara Ozymandias de sua ira. Avisada, Ozymandias escapara. A assassina de Abayomi estava impune. Ozymandias conseguira fugir por causa de Rute, cismava Omokehinde. Por isso a justiça não fora feita. A ordem mantinha-se quebrada. A traição de Rute era imperdoável.
    Omokehinde sabia: Rute sofria com a distância entre as duas. A velha parteira sabia também que não tinha muito tempo. Procurou Rute. Como era de seu feitio, foi firme e direta. Disse que a pior cegueira era a do coração. Acusou-a de ser a responsável pela impunidade. Rute chorou. Pediu perdão com sinceridade. Rute alegou que Santa traíra sua confiança. Que tentara impedir a fuga, mas fora deixada trancada e amarrada no banheiro.
    Omokehinde, dura no falar, respondeu que havia uma única forma de Rute ser perdoada. Precisava fazer um juramento para que ela, Omokehinde, velha e inválida, pudesse morrer em paz.
    – Vou embora desta terra – falou Omokehinde –, vou antes de terminar minha missão. Você, Rute, que ajudei a criar, vai ficar. Você vai me prometer: vai encontrar e vai matar a

mulher que assassinou minha filha. Ainda que seja necessário incendiar as nuvens. Você vai matar aquela mulher. Esta será a sua dívida com a nossa história.

RUTE
V.

Quando Omokehinde morreu, uma multidão acompanhou o enterro da parteira. Muitos que haviam deixado a roça voltaram para demonstrar respeito e gratidão.

Rute percebeu que, com Omokehinde, morria também parte da história daquele lugar e sua gente.

Rute ficou com um compromisso, uma dívida.

LUTERO GÊMEO
VII.

Os meninos cresciam. Lutero Gêmeo perguntava aos empregados sobre seus filhos. Falavam mais de Abraão. Quase nada de Luterinho.

Do seu jeito, o pai tentava interagir com os meninos. Não tinha sucesso. Quando viraram rapazotes, foram estudar em São Paulo. Apareciam em Ateninhas apenas nas férias.

DONA FRANCISCA
II.

Na noite em que chegaram, Ozymandias e as crianças se acomodaram na sala do pequeno apartamento de Francisca. Na segunda, Ifigênia foi dormir no quarto com a portuguesa. Na terceira, Ozymandias e suas meninas é que ficaram no quarto. Francisca deitou-se no pequeno sofá da sala, ao lado da tábua de passar.

Francisca estava feliz com a situação. Sinal de vida.

Francisca buscava saber: o que acontecera com Ozymandias depois da morte de dona Beatrice? Ozymandias, contudo, não permitia uma conversa linear. Falava pouco. Logo vinha o silêncio.

O tempo ia passando.

Dona Francisca conseguiu matricular Ifigênia no colégio graças a uma amizade lusitana. Arrumou também um trabalho para Ozymandias, de porteira de um prédio modesto ali mesmo no Catete. O que garantiu o emprego a Ozymandias foi o seu tamanho. Depois da insistência, deixaram Ozymandias levar Bakhita para o serviço.

Francisca e Ifigênia eram as tagarelas. Ozymandias cuidava de Bakhita.

OZYMANDIAS
XV.

Bakhita tinha saúde frágil. Os anos no Rio de Janeiro, sem muitos recursos, agravaram a situação. Ozymandias passou um sem-fim de madrugadas em filas de hospitais públicos para que a jovem Bakhita recebesse atendimento. Uma enfermeira se mostrou extremamente solícita com a situação. Ajudava a marcar consulta com os médicos, explicava os diagnósticos com palavras simples, preocupava-se com obter um colchão para Ozymandias dormir ao lado da filha. Depois de algum tempo de esmerada dedicação, a enfermeira perguntou:

– Café, não é? Você era chamada de Café no colégio, não é?

Ozymandias se espantou. Confirmou, era ela mesma. A enfermeira, então, contou que, muitos anos antes, elas foram colegas de classe. Numa ocasião, Ozymandias lhe deu um soco forte na boca do estômago. Um golpe tão potente que a enfermeira, na época uma meninota franzina, teve que ir para o hospital. Estava vomitando sangue. Naquele momento, revelou a enfermeira, ela, embora ainda jovem, presa na cama, percebeu duas coisas. A primeira é que merecera o murro. Ela se lembrava bem de como tinha sido covarde com a menina diferente das demais. Recebera uma lição. A segunda reflexão foi a de que seria médica, que trabalharia num hospital.

– Quando você chegou aqui – prosseguiu a enfermeira –, logo a reconheci, apesar de tanto tempo. Percebi a oportunidade de me desculpar.

Ozymandias não disse nada. Apenas sorriu. Um sorriso fugaz, contaminado pela dor de ver a filha doente. Aquela era, pensou, uma gratidão pouco comum: a gratidão de quem havia tomado um soco.

Os médicos diagnosticaram um problema em um dos rins de Bakhita. Era necessário um transplante com urgência. Deveriam encontrar um doador compatível. Ozymandias não seria. Ifigênia talvez. Tentariam implantar um rim de Ifigênia em Bakhita. Francisca tentou interceder. Buscou convencer Ozymandias do risco de tirar um rim de Ifigênia, uma jovem saudável, para salvar Bakhita, alheia ao mundo e com tantos problemas médicos. Ozymandias nem sequer considerou o apelo.

Tiraram um rim de Ifigênia e o implantaram em Bakhita. A cirurgia funcionou. O que não funcionou foi o rim de Ifigênia em Bakhita. Além disso, na enfermaria, Ifigênia pegou uma infecção. Ozymandias não saía do lado das filhas. Duas adolescentes desacordadas, cada uma numa ala diferente da casa de saúde.

O drama se agravou quando, apesar do esforço e da boa vontade da enfermeira, transferiram Ifigênia para outro hospital público, em local distante. Ozymandias passava parte do dia na condução, entre os dois nosocômios, aguardando notícias de vida.

DONA FRANCISCA
III.

A agonia de Bakhita não terminou. Segundo os médicos, a única possibilidade de salvação seria uma nova troca de rim. Ozymandias pediu a Francisca que procurasse seus outros filhos. Pediu a ela que suplicasse aos dois que fossem ao Rio de Janeiro salvar Bakhita.

Pela primeira vez, falou de Ateninhas com Francisca. Instruiu a portuguesa: ela deveria procurar pelo juiz Lutero Gêmeo, seu marido. Os seus filhos se chamavam Lutero, como o pai, e Abraão. Por fim, explicou que em Ateninhas, ou melhor, no Solar dos Luteros, só a conheciam por Santa ou Eva. Lá, confessou a mãe aflita, ninguém sabia que seu nome era Ozymandias.

Francisca apertou os olhos. Ateninhas, disse a portuguesa, era a cidade onde dona Beatrice havia morado. Ozymandias, atordoada, não deu importância à informação.

Depois de tantos anos dividindo o mesmo teto, Ozymandias e suas meninas se transformaram na família de Francisca. Não havia tempo a perder. Bakhita precisava de um rim ou morreria. Um conterrâneo taxista levou a portuguesa a Ateninhas. Chão. Uma manhã inteira de viagem. Na cidade, não foi difícil saber onde ficava a morada dos Luteros. Chegando ao Solar, Francisca pediu para falar com Lutero Gêmeo. Aguardou na varanda até começar a escurecer. Ficou surpresa quando se deparou com um homem cego, mais velho do que Ozymandias.

Quando Francisca explicou que estava ali a pedido de Ozymandias, Lutero Gêmeo disse não conhecer ninguém com aquele nome. Francisca então se corrigiu – estava ali a pedido de Santa. Explicou a situação: Bakhita precisava com urgência do rim de um doador compatível. Os possíveis doadores seriam os irmãos e ele próprio, pai da jovem. Por cacoete, Lutero Gêmeo respondeu ao pedido de Francisca dizendo que ia pensar. Era isso o que falava quando não queria fazer nada.

Francisca forneceu o endereço do hospital e o de sua casa. Insistiu na premência da situação. Com os olhos marejados, pediu ajuda. Lágrimas não ajudam muito diante de um cego.

DONA FRANCISCA
IV.

Francisca e seu amigo taxista deixaram o Solar dos Luteros já de noite. O motorista não queria pegar a estrada sem luz. Na cidade havia uma única pensão, decadente e limpa, administrada por uma das viúvas de Ateninhas.

Francisca e seu motorista jantaram na pensão, com a dona da casa e um senhor tão idoso quanto simpático, que se apresentou como bibliotecário. Seu nome era Metinques.

Francisca deixava transparecer a ansiedade. Quando revelou o motivo de sua presença em Ateninhas, a dona da pensão e Metinques ficaram paralisados. Para muitos na cidade, a santa, que a portuguesa agora dizia se chamar Ozymandias, salvara e condenara a cidade. Uma figura polêmica. Era impossível, contudo, não se sensibilizar com a situação das agora adolescentes. O que Lutero Gêmeo faria? Metinques explicou que os filhos homens de Lutero Gêmeo estudavam longe. Iam raramente à casa do pai. Quando chegavam, permaneciam pouco tempo.

À medida que perguntas eram formuladas e respondidas, Francisca mencionou dona Beatrice e contou que conhecera Ozymandias ainda bebê. Ouvindo essa parte do relato, Metinques se levantou, abrupta e repentinamente. Como se estivesse em transe, deixou a sala. Sequer disse adeus.

A dona da pensão, estranhando a conduta do provecto bibliotecário, normalmente polido, desculpou-se:
– Algo muito sério deve ter ocorrido com o velho Metinques.

METINQUES
XVIII.

Rompeu um clarão. Um trovão poderoso me despertou. Com luz, fúria e barulho, compreendi quem era Ozymandias.

Naquele momento, entendi como o destino havia trabalhado.

OZYMANDIAS
XVI.

De volta ao Rio de Janeiro, Francisca narrou a fria conversa com Lutero Gêmeo. Não deu esperanças a Ozymandias.
Bakhita morreria três dias depois.
Com a morte da filha, Ozymandias se deu conta de que a maternidade havia sido a maior experiência de sua vida. Ela passara por momentos duros: ficara órfã cedo e, pouco adiante, sentiu-se abandonada. Fugiu por não saber quem era. Perdeu sua identidade. Teve que matar para sobreviver e lutou com as mãos contra uma onça. Foi violentada e tratada como um relicário. Nada, para ela, fora tão gratificante quanto cuidar de Bakhita. Nada lhe ensinara mais. A morte da filha dava a Ozymandias a sensação de que perdera a alma.

Ifigênia ainda ficou no hospital por um bom tempo. Deixaria lá para sempre sua vivacidade. A jovem mulher que saiu do hospital era outra pessoa. A sombra do que fora.
Para Ozymandias, Lutero Gêmeo havia matado a filha. Ela então conheceu o sentimento de raiva intensa, um sentimento surdo, que não admitia perdão. Decidiu que voltaria a Ateninhas para acertar as contas com o marido. Nada mais importava.

LUTERO GÊMEO
VIII.

Lutero Gêmeo lamentou a visita da portuguesa. Preferia ignorar o que sucedera com sua mulher e suas filhas. Lutero Gêmeo se preocupava com os filhos homens. Sua atenção se dirigia, especialmente, para o filho Lutero Grande, por todos chamado de Luterinho – embora o pai sempre corrigisse esse diminutivo, que considerava depreciativo.

Lutero Gêmeo escutava os ruídos de que Luterinho seria homossexual. Os subentendidos chegavam sempre cifrados. Ouvia que uns empregados do Solar se referiam a ele como "Olímpia". Ele sabia que, ao longo dos anos, seus filhos se haviam distanciado um do outro. Não eram inimigos; simplesmente não eram amigos. Certa vez, numa passagem dos meninos pelo Solar, Abraão lhe confidenciou, sem maiores detalhes, que Luterinho "vivia isolado e não gozava de boa fama". Quando o pai pediu que explicasse melhor, Abraão desconversou.

Semanas depois da visita da portuguesa, Luterinho apareceu, sem avisar, no Solar. Levava a novidade de que fora expulso do colégio. O pai quis entender melhor a situação. Ligou para a escola. O diretor disse que o caso era delicado e estava à disposição para conversar, mas Lutero Gêmeo teria de ir a São Paulo. Lutero nunca foi. Achou bom que seu filho estivesse próximo.

Quando Luterinho ia ao quarto do pai, segurava a mão do cego. Um gesto de afeto. Fora esses momentos, Luterinho se isolava. Passeava sozinho.

Um dia entregaram o corpo morto de Luterinho no Solar. Ele havia levado várias facadas. Quantas facadas?, indagou o pai. Muitas. Vinte e três. Lutero tateou com a mão o corpo do filho. Por quê?, quis saber, arrasado.

Os homens de Lutero Gêmeo foram procurar os culpados na Vila. Ninguém sabia de nada, mas sabiam. A verdade se vestiu de rumor. Rumores de que Luterinho fazia sexo com alguns rapazes da Vila. Rumores de que, por vezes, pagava os rapazes por sexo.

Lutero Gêmeo proibiu seus funcionários de repetir quaisquer desses rumores. Luterinho estava morto. Os rumores deveriam morrer com ele. Dos mortos apenas se diz bem. E ordenou:

– Quem meteu a faca no meu filho vai pagar com a vida.

RUTE
VI.

Rute ficou com muita raiva quando os homens de Lutero Gêmeo executaram os três meninos da Vila. Os meninos estavam errados em matar Luterinho, mas a morte deles pelos empregados de Lutero Gêmeo fora covardia. Eram jovens.

Desde que Santa a trancafiara no banheiro e fora embora com as meninas, Rute nunca mais cuidara dos meninos. No começo, sentiu falta das crianças, por quem se afeiçoara. Depois, preferia nem se lembrar deles. Além disso, o juiz Lutero Gêmeo nunca a tratara bem. Quando Omokehinde morreu, ela já estava afastada do Solar havia alguns anos.

Contaram a Rute da portuguesa que visitara Ateninhas e dera notícias de Ozymandias, o que significava que ela estava viva em algum lugar. Rute mantinha firme sua promessa. Não perdoara a traição. O desejo de vingança a fizera suportar os dias. O compromisso com Omokehinde se tornara seu alimento. Cumpri-lo seria sua redenção. O tempo ia chegar. Ela sempre pensava que as coisas boas deveriam ser feitas logo. As más podiam esperar. O diabo é paciente.

METINQUES
XIX.

Fui até Lutero Gêmeo. Acredito que ele achou que eu tinha ido ao Solar somente para prestar solidariedade pela morte de Luterinho. Para ele, a morte do filho tinha uma dimensão que transcendia o fato em si. Era o sinal de tempos sombrios, pois aquelas terras jamais haviam visto um Lutero assassinado. Mas eu pretendia dizer algo mais, além de manifestar minha sincera condolência.

Contei pausadamente, contendo a respiração. Comecei pela noite, quatro décadas atrás, na qual a mãe de Lutero Gêmeo, Beatrice, fugira com Abayomi. Disse que desconhecia o paradeiro das duas. Ou melhor, das três, pois Abayomi estava grávida.

– Grávida? – interrompeu Lutero Gêmeo, assustado.

Sim, grávida, confirmei. Repeti que não sabia do paradeiro delas. Isso mudou quando uma portuguesa, recentemente, visitara Ateninhas. Ela havia sido empregada de dona Beatrice no Rio de Janeiro, depois da fuga desta para lá. A portuguesa disse que dona Beatrice criara uma criança como filha. Pelas datas e por tudo o que se sabia, a criança só poderia ser filha de Abayomi. A criança era Santa.

Silêncio.

– Por que me conta isso? – quis saber Lutero Gêmeo, sem alterar o semblante.

Silêncio.

– Como ter certeza de que isso não é apenas uma coincidência de datas, lugares e nomes? – indagou o cego.

Eu não conseguia pensar no que dizer.

O silêncio incomodava. Doía.

Lutero Gêmeo jogou a cabeça para trás. Pensei comigo: eu não deveria quebrar o silêncio. Aquele silêncio pertencia a ele.

Não queria nem imaginar a espiral do pensamento de Lutero Gêmeo naquele instante. Depois de algum tempo calado, o cego foi seco:

– Metinques, para mim, esse passado não importa. Já foi. Eu me importo com o futuro, ainda que o futuro não carregue o meu nome.

LUTERO GÊMEO
IX.

Abraão compareceu ao enterro do irmão. Uma cerimônia simples.

Abraão, embora jovem, era articulado e persuasivo. Em São Paulo, fizera um carrossel de amigos. Conhecia também gente em Brasília. Falava com o pai sobre negócios, oportunidades financeiras. Lutero Gêmeo apenas escutava. Levara ao pai a proposta de uma barragem imensa nas terras da família. Ganhariam muito dinheiro.

Lutero Gêmeo não precisava de dinheiro. Sequer sabia como gastar. Ele se preocupava com a colheita, com o comportamento de seus empregados. Abraão era diferente. Alimentava-se de ambição. Levou empresários e advogados para conversar com o pai. Lutero Gêmeo não tinha perguntas. O negócio foi feito.

Uma semana depois, o padre foi ao Solar falar com Lutero Gêmeo. Queria entender da represa, assunto que dominava Ateninhas. Perguntou se ele sabia que a obra alagaria uma enorme área, diminuiria o vigor do rio e secaria o açude. A resposta foi negativa. Não sabia de nada. O vigário notou que Lutero Gêmeo estava disperso. Cheirava a álcool.

O PADRE
I.

O padre de Ateninhas, enquanto conversava com Lutero Gêmeo, pensou: "Quando os príncipes erram, são os outros que sofrem." Apenas pensou. Não disse isso a Lutero Gêmeo. Não disse isso a ninguém.

O pároco era um sobrevivente. Tinha consciência de sua condição: desgracioso e desengonçado. Desprovido de engenho profundo. Sabia, em algumas ocasiões, articular as palavras. Memorizava textos com facilidade. Ele próprio, no entanto, sabia bem que se lembrar de tudo não ajudava tanto. Comumente, perdia-se em detalhes insignificantes, deixando escapar a essência. Ao longo da vida concluíra que, embora pudesse acumular conhecimento, jamais teria sabedoria. Quando faltava assunto, saía-se com uma citação qualquer da Bíblia ou de Guimarães de Guimarães, orgulho da cidade.

Aos poucos, sentia a voz enrouquecida. Não pelo canto, mas de ver a gente surda e endurecida. Para quem pregava? Sua fé esgarçou. Não conseguia mais acreditar que Deus se preocupava com o destino dos homens. Para ele, Deus estava ocupado com temas maiores.

Concentrou sua atenção no presente. Queria agradar a Lutero Gêmeo e às viúvas de Ateninhas. Isso bastava. Gostava da comida da pensão.

METINQUES
XX.

Penso no que faço. Penso até demais. Por isso me movimento lentamente. Ozymandias era justo o oposto. Ela refletia pouco. Os movimentos estavam sempre na frente dos pensamentos. A vida a levava.

Ira. A primeira história começa com essa palavra: ira. A ira do guerreiro Aquiles. Não deu certo. A ira acabou por matar Aquiles, embora ele fosse quase imortal. A ira tinha dominado Ozymandias.

Vejo os gregos antigos em toda a parte. Estou errado?

OZYMANDIAS
XVII.

A raiva tomou Ozymandias. Uma fúria surda. Ela queria vingar Bakhita. O pai da menina nada fizera para salvá-la e isso condenara a filha. Antes de acertar as contas com Lutero Gêmeo, deveria, porém, aguardar a convalescença de Ifigênia.

Francisca se colocava firme contra qualquer retaliação. Para a portuguesa, Ozymandias deveria esquecer Ateninhas e seguir a vida. Qual seria o amanhã do plano de vingança?, questionava. Vingança, dizia Francisca, era o caminho da loucura. Ozymandias nem ouvia as ponderações. Estava obcecada.

A portuguesa queria limpar a raiva da face de Ozymandias. Supôs que o tempo fosse o remédio para aquela ira. Estava enganada. O mesmo tempo que cura as feridas traz novas tribulações.

Francisca concluiu que não conseguiria dissuadir Ozymandias. Poderia apenas evitar que ela se engajasse numa missão suicida. Preocupada, advertiu que Lutero Gêmeo vivia cercado de empregados, alguns armados. Não seria fácil para Ozymandias atingir o marido sem se valer de algum ardil. Para fazer algo inteligente é necessário mais do que inteligência, argumentava. A portuguesa então se propôs a voltar a Ateninhas, na companhia de Ifigênia, para espalhar a notícia da morte de Ozymandias. Se todos acreditassem nisso, Ozymandias poderia surpreender Lutero Gêmeo. Qualquer movimento de retaliação seria facilitado com o marido desprevenido.

Ozymandias compreendeu o plano de Francisca. Iriam colocá-lo em ação assim que Ifigênia estivesse restabelecida.

IFIGÊNIA
I.

A recuperação de Ifigênia foi lenta. Levou alguns anos, bem mais do que se imaginava. Enquanto convalescia, Ifigênia, que já havia deixado a adolescência, escutava a obstinada intenção da mãe de vingar a morte de Bakhita. Ifigênia se lembrava muito pouco do pai, embora guardasse a memória do Solar.

O desejo de vingança apenas crescia em Ozymandias. Seguiriam o plano de Francisca. Instruíram Ifigênia a dizer, quando chegasse a Ateninhas, que sua mãe, lá conhecida como Santa, havia morrido. Francisca havia envelhecido, mas nada que a impedisse de levar adiante a estratégia. A portuguesa foi com Ifigênia para Ateninhas.

Logo após Francisca e Ifigênia entrarem na pensão, um grupo de curiosos, entre os quais várias viúvas de Ateninhas – ou melhor, as sobreviventes –, aglomerou-se na sala do estabelecimento. Francisca contou logo, com ares de tristeza: Ozymandias, mulher de Lutero Gêmeo, conhecida como Santa, estava morta. As viúvas se impressionaram com a informação. Como?, quiseram saber. Francisca improvisou: um mal súbito. Respirava e, de repente, parou de respirar. Onde Santa foi enterrada?, indagaram as viúvas. Mais uma vez, Francisca teve que sacar uma rápida resposta de sua cabeça: cova rasa. Destino final de gente humilde e sem dinheiro, respondeu, com expressão de pesar.

A líder das viúvas tomou a palavra. Para ela, apesar de muitos culparem Santa pela falta de nascimentos na cidade, o fato objetivo era que, mesmo após a partida dela, a maldição persistia. "Seria mesmo ela a responsável pelo infortúnio?", a líder das viúvas indagava às demais em tom retórico. Além disso, Santa matara a Fera de Ateninhas. Como salvadora da cidade, era um acinte que a encarnação de Santa Lúcia fosse enterrada como indigente. Ela merecia um enterro com pompa no cemitério de Ateninhas, no mausoléu dos Luteros. Apenas com o corpo dela em Ateninhas a cidade encontraria paz e voltariam a nascer crianças.

Embora aquela manifestação destoasse do discurso feito pela líder quando Ozymandias fugira, as demais viúvas, sem qualquer ressalva, prontamente concordaram com a líder. Após a morte, Santa recuperara sua posição de salvadora da cidade. Mudam-se as circunstâncias, mudam-se as vontades.

Francisca esclareceu que Ifigênia era filha de Ozymandias e de Lutero Gêmeo e que deixara Ateninhas ainda pequena. Uma das viúvas segurou a mão de Ifigênia. Explicou à moça que, desde a chegada de Santa Lúcia, não haviam nascido mais crianças na cidade, salvo os quatro filhos de Lutero Gêmeo. Um mistério e uma maldição.

Francisca e Ifigênia receberam, com pesar, a notícia do assassinato de Luterinho. Souberam também da construção da represa, obra colossal terminada com rapidez, e a mudança da topografia local. O açude secara e o rio Escamandro, antes caudaloso, era agora um tímido filete d'água. Disseram ainda que já não se via o velho Lutero Gêmeo e que Abraão, lá de São Paulo, comandava a fazenda.

A sala da pensão estava lotada. Não parava de entrar gente. O padre e Metinques chegaram. Todos lá. Do lado de fora, um bolo humano comentava a morte da mulher de Lutero Gêmeo, Santa Lúcia, algoz da Fera de Ateninhas.

RUTE
VII.

Rute estava na Vila quando lhe disseram que Santa havia voltado para Ateninhas. Ela pegou um facão. Escondeu a arma sob a saia e seguiu para a cidade. Ainda havia uma multidão na frente da pensão. Logo ficou sabendo que Santa não estava lá. Era apenas uma senhora portuguesa com novidades sobre a mulher de Lutero Gêmeo. Soube mais: a notícia era de que Santa estava morta.

Ela não podia estar morta, pensou Rute. Como iria matá-la se já estava morta? Como cumpriria sua promessa a Omokehinde? Era como se a razão de viver de Rute houvesse acabado subitamente. Desde a morte de Omokehinde, todos os dias ela pensava em como poderia honrar o juramento.

Rute ficou parada do outro lado da rua, na frente do alvoroço. Sua cabeça fervilhava. Não conseguia raciocinar. De repente, a senhora portuguesa saiu pela porta do estabelecimento. Talvez quisesse tomar ar. Rute se aproximou.

– Santa está morta? – indagou a Francisca.

Enquanto a portuguesa se virava respondendo "sim", Rute sacava a peixeira para cravá-la no estômago de Francisca. Tudo rápido. A faca rompeu a barriga da portuguesa enquanto ela ainda terminava o "sim". O "m" se prolongou e ela caiu com os olhos abertos. Gritaria. Uma massa de gente saiu agitada da pensão, aos tropeções, para ver o que havia acontecido. Ifigênia, no meio da gente, deu dois passos para fora da casa e viu Francisca, sem vida, como uma estátua de olhos abertos, com as vísceras arreganhadas. Ao lado do corpo caído, Ifigênia encontrou o rosto familiar, de onde saltou uma violenta memória afetiva. Era Rute.

Os olhos das duas se encontraram. Rute imediatamente reconheceu a menina que ela carregara no colo. A menina a quem ela ensinara a andar e a falar. Largou a peixeira. Seus olhos se encheram de lágrimas.

A LÍDER DAS VIÚVAS DE ATENINHAS
III.

No dia seguinte ao assassinato da portuguesa, uma pequena comitiva composta pelo padre, pela líder das viúvas de Ateninhas e por outros moradores da cidade se dirigiu ao Solar. Levaram consigo Ifigênia.

Lutero Gêmeo já estava inteirado do acontecimento da véspera. A senhora portuguesa havia sido morta por Rute, sem que ninguém entendesse o motivo. Depois do crime, a polícia prendeu Rute, que não resistiu à prisão. A portuguesa trouxera a notícia da morte de Santa Lúcia. Lutero Gêmeo, dando a impressão de não se abalar com o fato, já sabia que o verdadeiro nome de Santa era Ozymandias. Havia ainda Ifigênia, sua filha, agora órfã de mãe.

Lutero Gêmeo recebeu todos na varanda. Pediu a Ifigênia que se aproximasse. Passou a mão vagarosamente por seu rosto. Ifigênia se emocionou.

A líder das viúvas registrou que todos ainda estavam estarrecidos com o ocorrido na noite anterior. Haviam sido dois assassinatos recentes, o de Luterinho e o da portuguesa. Assassinatos brutais. Ambos cometidos por pessoas da Vila, que viviam à margem dos valores respeitados pelos bons cidadãos de Ateninhas. A líder das viúvas alertou:

— A Vila aumenta de tamanho! Ao contrário de Ateninhas,

que perde população, a Vila atrai mais e mais gente, que se amontoa em barracos.

Era necessária, advertia a viúva, uma reação daqueles a quem ela chamava de pessoas de bem. A líder das viúvas ainda apresentou outro tema: o corpo da santa deveria ser enterrado no cemitério local com um santuário. O padre e os demais concordaram. O pároco ressaltou que aquela era, sem dúvida, a vontade de Deus.

Lutero Gêmeo, agindo de forma diversa de seu estilo, aquiesceu de pronto. Disse que falaria com Abraão para tomar providências em relação à Vila. Disse ainda que mandaria empregados ao Rio de Janeiro acharem o corpo de sua finada mulher, pois ele também gostaria que a mãe repousasse ao lado do filho falecido.

A comitiva voltou esperançosa para Ateninhas, deixando Ifigênia no Solar.

IFIGÊNIA
II.

Ifigênia estava chocada com o assassinato de Francisca. Agia como se estivesse anestesiada. Um policial havia visitado o Solar para colher informações sobre a portuguesa. Ifigênia não contou tudo o que sabia, com medo de ser interrogada sobre sua mãe e ter de mentir acerca da falsa morte.

Havia Lutero Gêmeo. Ifigênia sentia pena do pai. Um homem cego e só. Ela segurava a mão dele e ele a apertava forte de volta. Ela olhava as feições do pai e se reconhecia. Fisicamente, Ifigênia tinha mais do pai que da mãe. O pai acariciava seu antebraço. Ifigênia gostava do carinho.

Lutero Gêmeo falou um pouco dos antepassados, da glória que fora Ateninhas. Ifigênia ouvia. Ela falou de sua vida no Rio de Janeiro, de sua mãe e de Francisca. Relatou do sacrifício que todas fizeram por Bakhita. Falou dos anos que passara numa cama de hospital. Um sacrifício em vão.

Lutero Gêmeo disse que a voz de Ifigênia era igual à de Beatrice, mãe dele. Ifigênia notou que aquilo era algo bom para Lutero Gêmeo. Quando Ifigênia perguntou ao pai por que ele não ajudara Bakhita, Lutero não respondeu. Quando Lutero Gêmeo perguntou como a mãe dela havia morrido, foi a vez de Ifigênia ficar calada.

Ifigênia se lembrava do Solar. Era a sua casa. Recordava-se

do lugar, mas não das pessoas. Nenhum empregado do seu tempo permanecera lá. Mas alguns sabiam que Rute, a assassina da portuguesa, havia cuidado das crianças quando pequenas. Ifigênia não conseguia compreender por que Rute matara Francisca.

Ifigênia estava ansiosa para falar com a mãe. No plano original de Francisca, Ifigênia e ela voltariam para o Rio de Janeiro logo após convencer Lutero Gêmeo de que Ozymandias estava morta. Depois disso, Ozymandias poderia ir a Ateninhas e, valendo-se de um disfarce ou da ajuda de alguém, consumar sua vingança. Todavia, o plano, que já nascera arrojado e inconsequente, se desfigurou. Será que Ozymandias ficara sabendo do assassinato da portuguesa? Ela deveria estar aguardando um sinal que não chegava. Ifigênia decidiu que ligaria para a mãe na primeira oportunidade.

Havia um aparelho de telefone no Solar. Apenas um. Ficava na sala, ao lado da entrada da cozinha, no local mais exposto do casarão. Ifigênia concluiu que não poderia fazer a ligação do Solar para a mãe. Era muito arriscado. A mentira seria descoberta. Pediu que a levassem a Ateninhas. Um empregado relatou, no caminho, que já não faziam aquele trajeto de charrete. Iam de carro e em poucos minutos estavam no Centro. Ifigênia tinha apenas uma vaga lembrança da cidade. O prédio da biblioteca a impressionou. A imagem daquela bela construção ficara registrada em algum lugar de sua memória. Lá, com certeza, haveria um telefone.

Subindo as escadarias de pedra, Ifigênia tentou organizar as ideias. O que diria à mãe? Para desistir de matar Lutero

Gêmeo? Contaria que ele era um velho deprimido que não fazia mal a ninguém? Talvez devesse dizer à mãe que fosse para Ateninhas e vivesse em paz. Mas o que diria ao pai quando sua mãe aparecesse viva? Ela deveria reconhecer que tinha mentido? Deveria confessar que havia um plano para matá-lo? E sobre o fim trágico de Luterinho? Sua mãe tinha o direito de saber da morte do filho. Mas como abordar isso? Antes que chegasse ao fim da escadaria, os pensamentos de Ifigênia haviam percorrido diversos caminhos sem atingir lugar algum.

Ifigênia bateu apenas uma vez na porta. Metinques logo apareceu. O grandioso espaço da biblioteca tornava perturbador o vazio das estantes.

Metinques levou Ifigênia ao telefone. Ela ligou para a portaria do prédio em que a mãe trabalhava. A mãe não estava. Identificou-se. Deixou o telefone da biblioteca. Pediu que dessem o recado. Informou que estaria naquele número aguardando o retorno. Ainda era cedo. Ifigênia se plantou ao lado do telefone.

Metinques ofereceu água. Disse que conhecia o pai de Ifigênia desde antes do nascimento dela. Falou dos avós: o juiz Lutero Benhamado e Beatrice. Contou de Laura, a tia-avó, e da bisavó italiana, Eva, casada com Lutero Firme. Passou a narrar histórias de Ateninhas e dos Luteros. Tudo desconhecido para Ifigênia. Com ar de tristeza, Metinques deu a notícia da morte acidental do irmão gêmeo do pai dela, numa brincadeira com arma de fogo. Deu detalhes da chegada de sua mãe a Ateninhas, encontrada nua e abraçada com uma onça, que ela estrangulara.

Metinques foi amontoando uma história atrás da outra, com o cuidado de não revelar tudo. Ifigênia não era tola. Enquanto o bibliotecário desatava a falar, ela refletia sobre os nomes mencionados por ele. Segundo Metinques, a mãe de Ifigênia fora criada pela avó paterna, a libanesa Beatrice, que fugira de Ateninhas.

– Por que minha mãe foi criada por Beatrice, minha avó paterna? – a pergunta de Ifigênia cortou a falação de Metinques.

METINQUES
XXI.

Não gosto de ser julgado. Jamais gostei de ser julgado. Quem gosta? Os pensamentos são meus e pensamentos não têm testemunhas. Ao menos eu pensava assim. Naquele dia, na frente de Ifigênia, mudei de ideia. Será que estamos limitados a escolher apenas entre o bem e o mal?

Olhei para Ifigênia. Nela, via os olhos amendoados de Abayomi, o sorriso nervoso de Beatrice, a sensibilidade de Laura, o queixo largo de Lutero Gêmeo, o olhar calmo de Omokehinde. Não enxergava Ozymandias em Ifigênia, mas, naquele momento, eu acreditava que Ozymandias estava morta. Ifigênia era a mistura de uma só família. Concluí: Ifigênia já não era uma jovem indefesa. Merecia saber a verdade. Todos merecem saber a verdade.

No passado, eu me sentia como um tipo de profeta. Percebi que o profeta está sempre isolado. Ninguém gosta dele, porque ninguém gosta da mensagem que ele traz. Ninguém quer ser profeta. Decidi virar espectador, apesar da minha vocação, ou melhor, contra a minha vocação. No fundo, contudo, sempre soube: expulsa a sua natureza que ela volta a galope.

Comecei a contar a verdade para Ifigênia:

– Muito tempo atrás, seu pai se apaixonou por uma menina da Vila, a roça da fazenda dos Luteros. A menina se chamava Abayomi. Tinha muita vida e os olhos iguais aos seus,

Ifigênia. Lutero Gêmeo era o filho do dono das terras, que as pessoas em Ateninhas chamavam de juiz. Abayomi vivia com a tia, uma mulher forte, que ela acreditava ser sua mãe. Eis o problema daquela relação: Abayomi era filha bastarda do pai de Lutero Gêmeo. Abayomi e Lutero Gêmeo eram irmãos, filhos de Lutero Benhamado. Quando Abayomi ficou grávida...

O telefone tocou.

Ifigênia tomou um susto. Correu para atender. Ela me pediu privacidade para aquela ligação.

OZYMANDIAS
XVIII.

Ifigênia deu a triste notícia para a angustiada Ozymandias do outro lado da linha: Francisca fora assassinada em Ateninhas. Ozymandias despejou perguntas em série. Quem a matara? Por quê? Ifigênia estava bem?

Ofegante, Ifigênia contou que uma tal de Rute havia esfaqueado Francisca. Disse que os empregados do Solar falaram que essa Rute cuidara dela, Ifigênia, quando pequena. Ozymandias não conseguia compreender que motivo teria levado Rute, com quem ela não falava fazia anos, a assassinar Francisca. Revelou à filha que Rute a havia salvado, pois a alertara de que sua vida estava em perigo. Por conta desse aviso, Ozymandias tomara a decisão de fugir de Ateninhas com as filhas.

– Estou confusa – revelou Ifigênia. – Soube de tantas coisas desde que cheguei aqui. Agora estou numa biblioteca, onde conheci um senhor, bem velho. Ele me falou de nós. Sabe detalhes da nossa vida. Sabe tudo do meu pai e até da sua mãe.

– Da minha mãe? – surpreendeu-se Ozymandias.

– Sim. Ainda tenho que entender melhor. Algo a ver com a fuga da mãe de meu pai, a libanesa loira, Beatrice, de Ateninhas.

– Mãe do seu pai? Não, filha, Beatrice era minha mãe – corrigiu Ozymandias. – Esse senhor está equivocado.

– De toda forma, precisamos falar. Mãe, minha mãe, por favor, desista da sua vingança. Meu pai é um velho cego. Um coitado. Escravo da bebida. Prisioneiro do passado. A vida já se vingou dele. Ele merece dó.

– Seu pai é um demônio – zangou-se Ozymandias. – Um homem sem coração. Ele matou sua irmã! Matou sua irmã!

Ozymandias raramente aumentava o tom de voz, como começara a fazer.

– Não, mãe, ele já não sabe o que faz – Ifigênia tentou apaziguar. – Quem manda em tudo é Abraão. Meu pai vegeta. Venha para cá e entenderá. Ele não sabe o que faz. É um cego inválido.

– Ifigênia, você está abalada com tudo o que aconteceu. Eu entendo. Também ainda estou chocada com a morte de Francisca. E Rute? Por quê? Veja, não se iluda. Lutero Gêmeo é o demônio. O demônio – disse Ozymandias, ainda com a voz alterada.

Desligaram o telefone sem estabelecer qualquer plano para o futuro. Ifigênia queria apenas que a mãe entendesse: era preciso suprimir o medo do futuro e a lembrança dos males antigos.

IFIGÊNIA
III.

Ifigênia saiu atônita da biblioteca. Despediu-se rapidamente de Metinques. Ficou claro para ela que havia uma história interrompida com o bibliotecário, ainda por desenvolver. Quando chegou ao Solar, encontrou um homem jovem com um terno bem cortado. Não foi necessária nenhuma apresentação. Era Abraão.

Abraão abraçou a irmã. Talvez um abraço político. A última vez que tinham se visto ainda eram pequenos. Abraão achou Ifigênia bonita e Ifigênia achou o mesmo de Abraão. Ele explicou que passara no Solar para colher assinaturas do pai. Coisa rápida. Partiria na primeira hora do dia seguinte.

Jantaram os três. O pai e os dois filhos. Lutero Gêmeo pediu que servissem vinho. Abraão falou de negócios quase o tempo todo. Dando-se ares de importância, mencionou que seus amigos políticos foram os responsáveis pela recente promulgação de uma nova Constituição para o país. A partir daí, Abraão prosseguiu desfiando nomes e narrando intimidades. Visivelmente, Lutero Gêmeo não tinha nenhum interesse naquela conversa.

Ifigênia permanecia calada.

Lutero Gêmeo, numa pausa de respiro do filho, conseguiu iniciar um tema. Repetiu o que havia ouvido do pai, o Benhamado, como a causa da decadência de Ateninhas. Quando

Getúlio tomou o poder, Lutero Firme, pai de Benhamado, ficou indeciso, sem saber que lado deveria apoiar. Foi um período conturbado no Solar. As autoridades divergiam se Ateninhas ficava no estado do Rio de Janeiro, no de Minas Gerais ou no do Espírito Santo. Dizia-se que era uma cidade sem horizonte, pois se situava em um vale cercado de morros por todos os lados.

Havia ainda uma arenga repetida entre os políticos, continuou Lutero Gêmeo: os candidatos que faziam comício em Ateninhas perdiam a eleição. Falava-se do "esconjuro de Ateninhas". Os políticos pararam de visitar a região, considerada de mau agouro. A confusão foi tal que os governos dos três estados acabaram por esquecer a cidade. Ao ouvir o relato, Abraão garantiu que, agora, com a nova Constituição, a história de Ateninhas mudaria de rumo.

Depois do jantar, Lutero Gêmeo foi para a varanda. Estava quieto quando sua cadeira quebrou. Ele caiu e bateu a cabeça. No dia seguinte, pela manhã, passou a reclamar de tonturas. Ifigênia não saiu do seu lado. Ficou de mãos dadas com o pai. O cego falou o dia todo. A filha ouviu. Contou para a filha do seu amor de juventude. Um amor que foi embora, enquanto ele permaneceu preso àquele pedaço de terra. Disse que nunca deixou de pensar nela. Mesmo que tentasse evitar e negasse o fato para si próprio. Os sonhos. Doces sonhos que falavam a verdade.

– Não somos nós que escolhemos lembrar ou esquecer. Eis mais um mistério da nossa natureza – filosofou para a filha.

Ifigênia notou que o pai, na sua lamentação, não pronunciava o nome da tal paixão juvenil. O nome era um tabu.

Lutero Gêmeo confidenciou à filha que, para seguir adiante, se agarrara a uma verdade: mesmo sendo a dor inevitável, sofrer era opção. Intimamente, Ifigênia tinha dúvidas se a narrativa do pai tinha pé na realidade. Talvez aquilo fosse apenas a recordação do que nunca existira. O canto do cisne.

Já avançado o dia, Lutero Gêmeo, ligeiramente embriagado, indagou à filha:

– Sua mãe falava da infância dela?

A pergunta pegou Ifigênia de surpresa. O pai ainda não havia feito qualquer referência à mãe dela. Medindo as palavras, Ifigênia respondeu com sinceridade:

– Minha mãe falava pouco. Não falava do passado dela.

– Nunca? – quis certificar-se o cego.

– Nunca – garantiu a filha.

– Melhor assim – disse o pai com um sorriso de alívio no rosto. – Quanto maior o saber, maior o sofrimento.

Lutero Gêmeo não abriu mais a boca. A partir daí ficou quieto. Nunca mais falaria nada.

Um médico foi até o Solar. Explicou que a queda da véspera poderia ter ocasionado um coágulo de sangue no cérebro de Lutero Gêmeo. Ifigênia manifestou ao pai o desejo de levá-lo ao hospital. O cego, deitado na cama, acenou negativamente com um lento movimento de cabeça. Não quis deixar sua casa. Morreria naquela noite.

IFIGÊNIA
IV.

Abraão voltou para Ateninhas. Chegou de helicóptero. Horas depois, três ônibus e mais uma grande quantidade de carros surgiram na cidade. Eram conhecidos de Abraão. Haviam ido para o sepultamento de Lutero Gêmeo. Coroas de flores. Uma banda levada do Rio de Janeiro. As viúvas, o padre, Metinques, os empregados, os cidadãos de Ateninhas e quase toda a Vila foram enterrar Lutero Gêmeo no mausoléu da família. O falecido deixara claro: não queria epitáfio.

Entre sussurros e murmúrios, Ifigênia ouviu como as pessoas se referiam ao seu pai: Lutero Três-Vezes-Morto. Para ela, ficaram óbvias as três mortes do pai: morreu com o tiro no irmão gêmeo. Morreu com o canivete nos próprios olhos. A última morte, a menos sofrida, culminou com seu enterro. Na primeira, perdeu a alma. Na segunda, a esperança. Na derradeira, perdeu o corpo.

Abraão recebeu os cumprimentos. Ifigênia assistiu de longe à cerimônia. O discurso de Abraão foi protocolar. Foi fácil para ela ver que o velho havia morrido e o novo não havia nascido.

À beira do túmulo, Abraão abraçou a irmã. Um abraço mais frio do que aquele dado dias antes. Ifigênia soube pelos criados que Abraão decidira quebrar a tradição: não sacrificou um boi com a morte de Lutero Gêmeo. Pelo que ela ouviu, o irmão não acreditava naquelas superstições.

De noite, Abraão mandou limpar o quarto do pai. Como se cumprisse um protocolo, procurou a irmã para garantir a ela que nada mudaria. Pediu-lhe que assinasse um calhamaço de papéis. Ifigênia interrompeu Abraão. Havia algo importante a dizer: a mãe deles estava viva.

METINQUES
XXII.

Tenho pensado em Laura. Por que a gente não se arrepende antes de errar? Eu poderia ter sido mais atencioso com ela. Acho que a morte dela me tocou porque eu me identificava com Laura. Quem vai chorar por nós?

Não. Não fico triste por mim. Acho que não. De toda forma, prometo que serei mais atencioso com os outros. Serei mais atencioso com você, leitor. Já ia me esquecendo de contar o que aconteceu com Laura e o acidente do menino que se afogou. Também não vou deixar de lhe dizer como Eva, mãe de Laura, deixou esta vida após se encontrar com o destino. Para mim, a morte de Eva apenas comprovou o que sempre suspeitei: o maior truque do diabo é fingir que não existe.

LAURA
IV.

Laura se sentia culpada pela morte do menino. Ela poderia ter salvado o garoto, não fosse tão estúpida, pensava. Agora era uma assassina.

O afogamento repercutiu. O pai voltou ao quarto dela. Pediu a Laura que se arrumasse. Iriam até Ateninhas imediatamente. Subiram na charrete. Só os dois. Sem trocar uma só palavra no caminho, Laura e seu pai chegaram à porta da igreja, no Centro de Ateninhas. Havia um grupo grande de pessoas reunidas. Laura identificou, além dos muitos adultos, as crianças que brincavam no açude. Estavam todas aturdidas. Laura sentia seu corpo tremer. O pavor lhe apertava o crânio.

Quando o silêncio foi quebrado, todos passaram a esbravejar ao mesmo tempo. Acusações desordenadas e simultâneas de lado a lado. Em meio ao caos, Lutero Firme, que andava armado, deu um tiro para o alto. Susto. Recuperou-se o silêncio. Lutero Firme buscou acalmar a multidão. Reconheceu a gravidade do tema.

– Qual homem não choraria diante da morte de um menino inocente? – registrou, consternado.

Solicitou, em seguida, que alguma criança explicasse o ocorrido.

Jumoke, a amiga de Laura, levantou o braço. Todos se viraram para a menina de cabelos compridos. Laura sabia:

Jumoke era a única testemunha do ocorrido. O coração de Laura explodiu em batimentos. Laura ofegava e mal conseguia respirar. Jumoke, com a elegância de uma nobre, expôs os acontecimentos olhando para Laura: o menino nadava sozinho, longe de todos os demais. No momento em que se afogou, as crianças brincavam, sem notar que ele pedia socorro.

Jumoke falou pausadamente. Sem engasgos. Com coragem. Se a verdade falasse, seria daquela forma. O grupo a escutou. Ninguém duvidaria da criança. Fora uma fatalidade. Uma desgraça sem culpados.

Laura sabia que Jumoke mentia. Jumoke a protegia. Por quê? De onde aquela menina tirara tanta coragem? Laura nunca esqueceu. Naquele momento, ela aprendeu: coragem faz coragem.

Os italianos, ainda em luto, deixaram o encontro calados. A multidão se dissipou. Laura e o pai voltaram para o Solar no mesmo silêncio. Nunca o caminho foi tão longo.

Ao chegar em casa, Laura percebeu que deixara de sentir o cheiro das coisas. Anos depois seria diagnosticada com anosmia.

LAURA
V.

Laura voltou para o internato no Rio de Janeiro. Voltou carregando uma culpa que nunca conseguiu expelir. Tudo ficou pesado. Não só Laura passou a se sentir uma pessoa sem razão de viver; ela se sentia inútil, vil. A flor maldita.

No ano seguinte, teve coragem de ir à Vila e procurar Jumoke. Quando Jumoke a viu, ficou visivelmente assustada: Laura havia engordado. As meninas deram um abraço apertado. Laura não conteve o choro. Omokehinde, irmã de Jumoke, assistiu a tudo.

Laura não precisou dizer o óbvio. Estava grata pelo que Jumoke fizera. Ficaria grata para sempre. Naquele encontro emocionante, uma pergunta espontânea saiu da boca de Laura:

– Por quê?

Jumoke respondeu, sorrindo:

– Sou quem sou porque somos todos nós.

LAURA
VI.

Assim que pôde, Laura deixou de voltar a Ateninhas. Ficava no Rio de Janeiro. Ninguém reclamou da ausência. Embora jovem, arrumou um emprego público de tradutora. Falava bem italiano e francês. Costurava para distrair a solidão. Divertia-se estudando Dante, o poeta florentino.

Laura não foi ao enterro do pai, Lutero Firme. Estava acamada. Ao saber da morte, ficou pensando se a paixão dela por textos clássicos teria alguma relação com o pai, que, criado por padres, adorava latim e costumava citar Virgílio. "Repetimos nossos pais mesmo sem nos dar conta", concluiu. Laura retornaria a Ateninhas por ocasião do casamento do irmão, Lutero Benhamado, com a libanesa. Viu sua mãe, Eva, ainda vestindo preto, envelhecida. O irmão se tornara cada vez mais rude.

Laura soube então que Luigi, seu irmão caçula, convencera a mãe deles a financiar uma viagem a Roma, com a missão de levar o papa para conhecer Ateninhas. Eva ficara entusiasmadíssima com a ideia. Com sua ferrenha energia, infernizara o marido, já praticamente inválido, a autorizar a empreitada. Luigi deixou o Solar carregando uma fortuna. No casamento de Lutero Benhamado, já se contavam quase dois anos da partida de Luigi, sem que se recebesse qualquer notícia de seu paradeiro. A velha Eva, no entanto, não deixava de falar do tema. Várias vezes por dia repetia que Luigi poderia chegar a qualquer momento, levando consigo o papa Pio XII para conhecê-la.

Eva não gostava da libanesa escolhida pelo filho como esposa. Fazia questão de externar sua antipatia. Com frequência, desferia inclementes patadas em Beatrice, que fingia não entender as grosserias. Com Laura, Beatrice buscava ser gentil. Mais do que isso, Beatrice suplicava a Laura que fosse mais vezes a Ateninhas para lhe fazer companhia. Laura agradecia o convite. Agradecia e ficava no Rio de Janeiro.

LAURA
VII.

Os filhos gêmeos de Lutero Benhamado eram garotos ainda quando, numa tarde, Laura foi surpreendida com a visita de Beatrice, sua cunhada, com quem nunca tivera intimidade. A loira Beatrice, sem avisar, havia ido ao Rio de Janeiro. Aguardava Laura na portaria do prédio.

Beatrice, munida de uma vivacidade até então desconhecida por Laura, contou o motivo de sua incursão ao Rio: queria fazer um bem à sogra. Desde que Luigi fora para Roma, ou disse ter ido para Roma, Eva adoecera física e espiritualmente. A italiana definhou em velocidade espantosa. Parecia uma assombração: careca, banguela, falando desordenadamente. Sequer conseguia se locomover até a capela. Não tivera forças para velar o corpo do marido. Passava os dias prostrada na cama. A volta de Luigi e do papa se tornara uma obsessão. Tremendo, à noite, Eva delirava e dizia, sempre em italiano, que só teria descanso com o retorno do filho. De dia, chorava copiosamente, perguntando pelo rebento dileto. Por vezes, como se estivesse em transe, de olhos esbugalhados e mãos descontroladas, afirmava que Luigi era filho do Espírito Santo. Em suma, arrematava Beatrice, enquanto Luigi não voltasse, Eva não encontraria paz.

O problema era que ninguém sabia de Luigi. Ele desaparecera.

A libanesa, então, explicou seu plano à cunhada. Contrataria atores, bons profissionais. Um representaria Pio XII, e o outro, Luigi. Fariam um pequeno teatro para Eva. Uma breve aparição. A idosa, com escasso discernimento, entenderia pouco, porém o suficiente para se acalmar. A encenação, assegurou Beatrice, seria um ato de caridade. Uma mentirinha para o bem da alma da mãe de Laura.

Laura quis saber o que o irmão, Lutero Benhamado, achava daquela ideia. Beatrice garantiu que o marido concordava com o projeto. Segundo Beatrice, com os recentes acontecimentos na Itália, que acabara de fazer um acordo de amizade com a Alemanha do recém-empoderado Hitler, Lutero Benhamado tinha certeza de que o irmão jamais voltaria. Mais uma razão para promover a farsa, como único meio de fazer a moribunda feliz. Todavia, para que o plano desse certo, a adesão e a presença de Laura seriam fundamentais.

Laura achou toda aquela história divertida. Beatrice e ela foram atrás de atores. Laura, que trabalhava com a comunidade italiana, rapidamente foi apresentada a profissionais especializados em imitar Pio XII. Sósias idênticos. Aquela parte estava feita. Faltava encontrar alguém para atuar como o desaparecido Luigi. Havia um requisito fundamental: os olhos perfeitamente verdes.

LAURA
VIII.

Por conta de sua atuação como intérprete e tradutora, além do período no governo e na embaixada, Laura conhecia como ninguém a comunidade italiana no Rio de Janeiro. Muitos sabiam que ela havia nascido numa cidade do interior, cujo nome costumavam esquecer. A alguns Laura formulou esse curioso pedido: precisava encontrar um italiano, ou descendente de italiano, com olhos cor de esmeralda. Um verde absoluto. O pedido circulou na colônia.

Ao deixar o trabalho, dias depois, Laura foi abordada por um senhor. De pronto, se surpreendeu com os olhos dele. Um verde luminoso, iguais aos de Luigi. O senhor se apresentou: Enrico.

LAURA
IX.

Enrico contou a Laura que havia conhecido, muitos anos antes, a mãe dela. Eram todos italianos que se fixaram em Ateninhas. Disse ainda que Eva fora sua professora. Não falou mais do que isso. Acrescentou apenas que soube do pedido para encontrar um homem de olhos verdes e ele, precisando de dinheiro, resolveu procurá-la.

Inicialmente, Laura, sem nada detalhar do motivo de sua busca, pensou que Enrico era velho demais para representar Luigi. Por outro lado, não haveria outros olhos mais semelhantes. Ou melhor, mais do que os olhos absolutamente idênticos, o homem se parecia muito com o irmão dela: a altura, a forma do rosto, o sorriso.

Combinou de se encontrar com Enrico no final daquele dia, na companhia de Beatrice. Tão logo se encontraram, Beatrice puxou a cunhada para, ao pé do ouvido, sussurrar que o candidato parecia velho demais para se passar por Luigi. Laura, peremptória, assegurou que não haveria ninguém no mundo todo tão parecido com seu sumido irmão.

As duas explicaram o plano a Enrico. Ele teria de desempenhar o papel de uma pessoa, um desaparecido filho de Eva, a fim de dar paz à viúva, já doente e acamada, atormentada pela ausência do filho predileto. Nesse teatro, acrescentaram, o sósia do papa teria também papel de protagonista. Não seria necessário falar muito. O mínimo. Uma visita rápida a uma senhora já senil. Tudo com o propósito de garantir um conforto no fim da vida da anciã.

    Enrico ouviu calado. Quis se certificar sobre o estado mental de Eva. Péssimo, terminal, garantiram as duas. Uma segunda pergunta: qual seria sua remuneração? O preço era mais do que justo. Trabalho de um dia. Enrico aceitou o serviço.

LAURA
X.

Beatrice partiu para o Solar. Daria as boas-novas à sogra, Eva: Luigi estava a caminho de casa levando o papa, diretamente de Roma, para conhecê-la. A anciã, ao saber da novidade, ficou elétrica. Pulou da cama. Recuperou o vigor. Tirou de algum lugar misterioso uma energia fulgurosa. Passou a dar ordens de limpeza e arrumação pelo Solar.

Lutero Benhamado, ciente do embuste planejado por sua mulher, ficou alarmado ao ver a excitação da mãe. Se ela descobrisse o engodo, viraria uma fera. Beatrice tentava acalmar o marido. Ela e Laura haviam escolhido excelentes atores. A cena seria rápida. Intimamente, porém, abismada com a vitalidade adquirida pela sogra, estava preocupadíssima com o sucesso do simulacro. Como a sogra já a detestava, o fracasso daquele teatro faria da vida dela um inferno.

No carro, do Rio de Janeiro para Ateninhas, Pio XII, todo de branco e sem tirar o solidéu ebúrneo, foi contando as peripécias de suas performances. Natural da Sicília, auxiliar de escritório, idêntico fisicamente ao Santo Padre, o sósia já celebrara inúmeros casamentos e batizados, além de ter distribuído um sem-fim de bênçãos e extremas-unções. Tudo em nome de Deus, ria.

Laura achava graça, enquanto Enrico, calado, com o rosto virado para a janela do automóvel, mantinha-se quieto, com os olhos fechados.

ENRICO
I.

Foi dito a Enrico que a esposa do dono das terras, uma italiana como ele, ensinava português aos colonos na biblioteca da cidade. Ele tinha chegado havia pouco no Brasil, com a mulher e dois filhos pequenos. Nem sequer sabia indicar no mapa onde Ateninhas ficava.

Quando ingressou na sala de aula, percebeu ter capturado a atenção da professora. A atração foi recíproca. A mestra, mais velha que ele, usava uma roupa elegante. Era uma mulher perfumada. Já no segundo encontro, os dois se beijaram.

A professora o tranquilizou: o marido estava viajando. Uma viagem longa. O casal de amantes ficava à vontade. Primeiro, faziam amor na sala de aula, após todos irem embora. Depois, Enrico conseguiu com um conterrâneo acesso a um sobrado, nas cercanias da biblioteca. Lugar insuspeito. Enrico e a professora passaram a se encontrar lá.

Enrico se apaixonou. Paixão profunda. Ele fazia juras de amor. Propunha que os dois fugissem juntos. A professora claramente não correspondia ao sentimento. Enrico se sentiu desprezado, diminuído. Enrico compreendeu: a professora via nele apenas um passatempo, um brinquedo. Com orgulho ferido, decidiu se vingar.

Jactou-se com alguns amigos, todos miseráveis lavradores italianos como ele, da aventura extraconjugal com a mulher do juiz Lutero Firme, o senhor da região. Convidou seus companheiros a vê-lo possuir a professora. Tudo funcionou como planejado. Os amigos testemunharam o coito.

Terminado o flagrante, a professora se foi como um raio. Enrico nunca mais a viu. Sofreu. Ela parou de dar aulas. Enrico pensou em procurá-la no Solar. Desistiu. Ela jamais o perdoaria. Também ele jamais se perdoou.

Assim que pôde, Enrico deixou Ateninhas. Achou que nunca mais voltaria. Disso teve certeza durante muitos anos. Décadas. Até que surgiu uma proposta inusitada. Ia ver a professora novamente.

LAURA
XI.

Quando Laura e os dois homens chegaram ao Solar, Beatrice correu em direção ao carro. Extremamente preocupada, sugeriu a Laura abandonar o plano, cancelando a encenação. Isso porque Eva se recuperara de forma milagrosa. Estava cheia de vigor, atenta, falando com ênfase. Segundo Beatrice, Eva de pronto perceberia a fraude.

Enquanto Laura e Beatrice, atrapalhadas, discutiam sobre como proceder, Enrico e o papa, alheios aos riscos de serem desmascarados, deixaram o carro. Subiram as escadarias do Solar e se colocaram na varanda, aguardando instruções.

Eva, com andar aprumado, entrou na varanda. O papa e Enrico se viraram para ver quem chegava. Eva encarou Enrico. Fixou intensamente os olhos nos olhos dele. Virou-se para o papa e murmurou:

– *Perdono.*

Com um suspiro caiu morta.

METINQUES
XXIII.

Você duvida da verdade de tudo o que estou lhe contando? Não deveria. Tudo o que narrei aconteceu. Até aqui, só dei cores à minha lembrança. Se alguém mentiu, foi a minha memória.

Aproveito o respiro para me desculpar. Desculpar-me se, ao narrar o que sucedeu, ofendi alguém. Não era meu desejo. Sou do tempo em que as pessoas não se ofendiam tão facilmente nem tinham medo de revelar a ofensa. Desculpe-me novamente. Aqui caio na armadilha de encontrar uma justificativa para os meus erros. Todos fazemos isso, não é? Ninguém erra e pronto. Explicamos a nós mesmos que erramos por isso ou por aquilo. Inventamos a absolvição. Devo me emendar e reconhecer: na verdade, quando falo dos erros que cometo agora, pouco importa o meu tempo. Vivemos hoje. Ou melhor, o meu tempo importa apenas para mim e para quem quiser me entender.

Deixe-me ir adiante com este axioma: nem toda história tem fim. Esta, se tiver, vou contar a seguir.

(Perceba: quero deixar esta história de fim a seu critério, até mesmo porque, como já se disse, todo final contém, necessariamente, uma promessa: a promessa de um começo.)

OZYMANDIAS
XIX.

Foi um alívio para Ozymandias quando soube, por telefone, da morte de Lutero Gêmeo. Para ela, o destino havia cuidado dele. Bastava.

Por outro lado, recebeu com resignação o recado de Abraão. Segundo Ifigênia, ele não queria vê-la. Na realidade, não queria saber dela. Para Abraão, nada justificava o abandono dos filhos. Ozymandias sabia que as pessoas tinham que viver com suas decisões. Se havia errado ao fugir de Ateninhas deixando seus meninos com o pai, isso era passado. Para Ozymandias, ela fizera tudo para salvar a filha debilitada. Precisou escapar da velha parteira que jurara matá-la. Escapar do homem que a violara. Escapar para cuidar de Bakhita. Faria de novo.

Ozymandias queria encontrar-se com Ifigênia. Estava intrigada com a informação truncada de que sua mãe também morara em Ateninhas. Queria compreender por que Rute matara Francisca.

OZYMANDIAS
XX.

Rute nada entendeu quando foi informada de que havia visita para ela. Desde que fora presa, ninguém a havia procurado, com exceção do advogado do Estado, que tentava prestar auxílio.

Ao ver Ozymandias, que ela conhecia como Eva ou Santa, do outro lado do vidro, Rute desmaiou. Para ela, Santa estava morta. Aquilo era uma assombração. Correram para acudi-la. Água. Gelo. Abana daqui. Abana de lá. À medida que recuperava a consciência, Rute repetia:

– Era promessa. Era promessa.

Do outro lado do vidro, Ozymandias ainda ouviu Rute balbuciar:

– Juramento. Prometi a Omokehinde vingar a morte de sua filha, Abayomi. Santa matou Abayomi na beira do rio.

Rute permanecia com os olhos fechados, falando como se estivesse em transe. Ozymandias notou como ela havia envelhecido. Parecia um cadáver.

Ainda delirando, Rute prosseguiu:

– Abayomi era nossa princesa. Foi o único amor do juiz Lutero Gêmeo. O único amor. A turca levou de Ateninhas o amor do filho. Beatrice levou Abayomi. Levou Abayomi grávida de Lutero Gêmeo.

… … … … … … … … … … ?
… … … … … … … … … !!!
!!! !!! !!! !!! !!! !!! !!! !!! !!!

Ozymandias já ouvira o suficiente.

Desnorteada, deixou Rute ainda desfalecida, acudida pelos policiais.

OZYMANDIAS
XXI.

Na saída do presídio, Ozymandias foi abordada por um senhor que queria saber a relação dela com a detenta. O senhor se identificou como defensor público, cuja função era representar quem não tinha dinheiro para constituir advogado. Ozymandias nem sequer conseguia raciocinar. O homem tentou acalmá-la, disse que tinha perguntas simples sobre a assassina confessa. Ozymandias foi sucinta. Limitou-se a esclarecer que conhecera Rute havia muitos anos, em Ateninhas. O senhor então contou que aquele caso o intrigava. Rute repetia que fizera a promessa de matar uma tal de Santa e por anos ruminara essa ideia. Quando uma senhora portuguesa espalhou a notícia de que Santa estava morta, Rute enfiou o facão na pobre senhora. Sem negar sua culpa, Rute repetia apenas:

– Matei quem matou a morte.

Ao se distanciar do presídio, Ozymandias se lembrou de quando, ainda menina, perguntou à sua mãe a origem de seu nome. Era um nome diferente. Na escola ninguém a chamava de Ozymandias. Até as professoras indagavam de que lugar os pais dela teriam desenterrado aquele nome. A mãe, diante do questionamento da filha, sorriu para Ozymandias. Deixou a mesa, onde as duas jantavam, para voltar em seguida com um livro na mão. Era um livro de poesias que pertencera à mãe dela. Estava em francês e fora trazido do Líbano havia muitos anos. Aquele livro era o único objeto que Beatrice tinha de sua mãe.

Beatrice gostava especialmente de uma poesia, escrita por um poeta inglês chamado Percy Shelley, intitulada *Ozymandias*. O poema, contou a mãe dela, fala da nossa passagem pela vida. Uma passagem que, no tempo, certamente não guarda nenhum significado. Ozymandias se recordava de Beatrice dizer, com ternura, que escolhera para ela aquele nome, tirado de um poema antigo, um nome que ninguém mais tinha, para que a filha soubesse que era única.

IFIGÊNIA
V.

Ifigênia perguntou a Metinques se poderia se encontrar com uma pessoa na biblioteca. O encontro deveria ser discreto, ou melhor, sigiloso. Pediu permissão para a visita pernoitar no prédio. Metinques concordou.

Ifigênia ficou esperando a mãe. Já estava escuro quando Ozymandias chegou. Mãe e filha se abraçaram.

– Desculpe – disse a mãe. – Desculpe-me por tudo – e ajoelhou-se diante da filha.

– Por favor, minha mãe, pare com isso. Venha cá. Levante-se. Deixe-me ver você.

– Minha filha, minha filha... eu sou uma aberração. Você é uma aberração.

– Por favor – suplicou uma aflita Ifigênia –, pare com isso. Não entendo o que está me dizendo. Acalme-se.

– Seu pai se cegou para se proteger. Eu deveria ter coragem para fazer o mesmo.

– Mãe, minha mãe, pare já com isso. Você está me assustando. Venha, levante-se.

– Eu quis ter uma família – prosseguiu Ozymandias. – Uma família. Lutei por isso. Desde cedo percebi que não conseguia controlar os acontecimentos. A vida me levou de um lado para o outro. Resisti. Quando via a oportunidade e tinha forças, buscava o meu caminho. Fui corajosa por você, por Bakhita. Mas o destino foi duro. Cruel. O destino ganhou.

Ozymandias se sentou. Tirou uma Bíblia de seu capotão e abraçou o livro.

– Quero morrer – disse. – Deixe-me morrer. Preciso que você me deixe morrer.

– Não diga isso.

– Vivi por você. Por Bakhita. Não vou saber morrer sem você deixar.

– Pare, minha mãe. Não diga isso!

– Meu desejo de morrer vale alguma coisa para você?

– Pare com essa conversa. Descanse. Amanhã falamos melhor.

– Quero morrer. Diga-me que posso ir. Por favor.

Ozymandias não falou mais. Fechou os olhos. Ifigênia segurou as mãos da mãe. Ambas dormiram sentadas, uma de frente para a outra, cercadas de estantes vazias.

METINQUES
XXIV.

Por vezes, sinto-me exausto. Não, não é pela idade. O cansaço tem outra razão. Peço perdão às Musas pela minha lira desafinada e minha voz enrouquecida. Não, não pelo canto, mas por cantar a gente surda e endurecida. Não falo de você, falo dos outros. Você sabe.

No auge de Roma, havia 29 bibliotecas na cidade. Adiante, no século IV, já não existia nenhuma. Não havia mais livros nem escolas. A civilização ruíra.

Deixei Ateninhas para ir até o Rio de Janeiro. Raramente eu saía da cidade. Fui contratar operários para um serviço confidencial. Precisava de ajuda para exumar uma grande quantidade de caixas de livros que, ao longo dos anos, enterrei, como um trabalho de formiga, numa clareira não longe de Ateninhas. Fiz tudo escondido. Sem ninguém saber. Por que enterrei os livros da biblioteca? Cada dia eu me dava uma explicação diferente.

Talvez tenha escondido os livros por causa da minha revolta contra a máquina que acumula memória. Ela matou os velhos, como eu. Antes das máquinas o velho era respeitado. As pessoas iam até os velhos para tirar suas dúvidas. Eles eram os guardiães da memória. Os velhos tinham vivido, tinham lido livros. As máquinas tomaram esse lugar. Os jovens preferem perguntar às máquinas. Os jovens já não querem saber do passado, só do presente. Um presente que eles acreditam brotar do nada, um presente sem qualquer relação com o passado.

Para piorar, os velhos não sabem conversar com as máquinas. São os velhos que precisam dos jovens para falar com as máquinas. A ordem se inverteu. Os livros de Ateninhas desapareceram e ninguém percebeu. No fundo, eu queria provar a mim mesmo que estava errado. Mas não estava. A maldição pode operar livre sem os livros.

Dizem que apenas sentimos a privação das coisas quando já não as temos. Ao ocultar os livros da biblioteca, queria que as pessoas compreendessem a falta que faz o conhecimento. Ninguém percebeu o sumiço. Meu plano não funcionou.

Ao acordar no Rio de Janeiro, soube que, naquela madrugada, a barragem de Ateninhas havia rompido. O rio Escamandro, represado por anos, se libertara furiosamente. Ondas de lama engoliram a cidade, o Solar, a Vila, a clareira e toda a região. Tudo ficou debaixo da lama. Por vezes a divindade nos encontra remédios piores do que os riscos. Sobrevivi por puro acaso. Deixei Ateninhas para salvar os livros... e esse acaso, para mim, fez a diferença entre a vida e a morte. As pessoas que eu conhecia morreram afogadas no acidente. Possivelmente, morreram enquanto dormiam.

Fico pensando nas pessoas que conheci, mortas naquela madrugada. Eu permaneci vivo por conta de uma frágil casualidade. Se pudesse escolher, preferiria viver. Se pudesse escolher dez vezes, escolheria dez vezes viver. Todavia, quem morreu tem uma vantagem: não corre mais perigo. Viver é muito perigoso.

Não quero soar rabugento ou insensível. Já nos conhecemos; a esta altura você já sabe que não sou uma coisa nem outra. Permita-me dizer uma verdade: nós, humanos, damos mais importância às notícias ruins. Ninguém se lembrava de Ateninhas. Ninguém falava de Ateninhas. De repente, em função da catástrofe, aquela pequena cidade se tornou o centro do Brasil. Só se ouvia falar da tragédia de Ateninhas, a Babilônia dos trópicos.

Pela televisão, vi Abraão, de Brasília, de óculos escuros e paletó preto, dando entrevistas. Em momento algum ele falou da biblioteca que ficou soterrada. Além de proferir uma sopa de elogios às autoridades que ajudavam a elucidar o desastre, Abraão apenas repetia:

– Tragédia, tragédia, tragédia.

Ora, tragédia tem dedo do destino. Aquela gente era esquecida. Deus não estourou a barragem. Foi trabalho do homem humano.

GUARDAS
I.

Guarda: Tem alguém aí?
 Guarda: Não. Ninguém. Só lama.
 Guarda: Em algum lugar, debaixo dessa lama, havia uma cidade.
 Guarda: O que os deuses têm contra essa cidade?

**METINQUES
XXV.**

Alguma conclusão? Por favor, nada de conclusões. Uma vez ouvi que a única conclusão é morrer. Mas não quero falar de morte. Para um velho como eu, morte não é opção. Quero falar de possibilidades. Agora que contei o que se passou, o que aconteceu do jeito que lembro, talvez seja melhor esquecer o que já sei para aprender de novo.

NOTA DO AUTOR

Natural de Ateninhas, Luiz Alfredo Augusto Guimarães de Guimarães nasceu em 1865. Menino-prodígio, destacou-se na poesia, inicialmente filiando-se ao movimento parnasiano. Tornou-se uma celebridade em sua cidade natal. Guimarães de Guimarães produziu obra extensa, embora em vida tenha publicado apenas um pequeno opúsculo com sonetos selecionados, entre os quais o conhecido "Ora, tu dizes, falar com a lua".

Deixou Ateninhas para estudar Direito na Universidade de São Paulo. Logo abandonou o curso e mudou-se para o Rio de Janeiro. Infelizmente, seu talento não foi reconhecido na então capital do país. Seu nome, contudo, aparece em registros forenses como réu, respondendo por plágio. Deprimido, escreveu versos tristes – na fase chamada "período doloroso de Guimarães de Guimarães" – e passou os últimos anos da curta vida num cortiço em petição de miséria. Morreria aos 24 anos, de tuberculose. Seu corpo foi enterrado em vala comum.

No quinto lustro de sua morte, a gráfica de Ateninhas publicou uma troca de correspondência entre Guimarães de Guimarães e o filósofo alemão Friedrich Nietzsche.[*] A autenticidade dessas cartas é questionada sobretudo porque,

---

[*] *Cartas entre amigos filósofos*, Officina Typografica Oficial de Ateninhas, 1899.

segundo todas as fontes conhecidas, Nietzsche não dominava o português, a revelar que as cartas são uma fraude. Embora existam testemunhos de que as cartas de Nietzsche, quando chegavam, eram lidas em público na praça central de Ateninhas pelo poeta, acredita-se que o próprio Guimarães de Guimarães escrevesse as missivas, assinando-as em nome do filósofo prussiano.

A obra completa de Guimarães de Guimarães encontrava-se arquivada na biblioteca de Ateninhas e se perdeu no estouro da barragem do rio Escamandro.

1ª edição	ABRIL DE 2025
impressão	LIS GRÁFICA
papel de miolo	IVORY BULK 65 G/M²
papel de capa	CARTÃO SUPREMO ALTA ALVURA 250 G/M²
tipografia	GT SECTRA